Michael Kumpfmüller
Tage mit Ora

Michael Kumpfmüller

Tage mit Ora

Roman

Kiepenheuer & Witsch

Für meinen Bruder

eins

Seattle – Olympia
(61 miles, 1 hour 3 mins)

Ora war Anfang vierzig, als ich sie kennenlernte, der Typ gut aussehende Frau, die über ihre Wirkung genau Bescheid weiß, auf eine ihr lästige Weise verwöhnt, als hätte sie sich, seit sie fünfzehn war, zu ihrem Lobpreis mindestens dreimal das komplette Hohelied anhören müssen: die berühmte Stelle mit den zwei Kitzlein, mit den Lippen, die wie rote Bänder waren, dass Milch und Honig unter ihrer Zunge flossen und der Duft ihrer Kleider wie der Duft des Libanon war.

Ich glaube, von ein paar abgelegenen Dialekten abgesehen, kannte sie das Lied in allen Sprachen der Welt, wozu sie, wie ich mir vorstellte, huldvoll nickte, wie eine orientalische Königin, die es gewohnt ist, täglich Hunderte von Bewunderern und Verzweifelten an ihrem Lager vorbeiparadieren zu sehen.

Es gefiel mir nicht, dass das so war, oder besser: Eben weil es mir nicht gefiel, zog es mich zu ihr hin, als wäre ihr Äußeres nur eine geschickte Lüge, eine Art Tarnung, hinter der sich eine ganz andere, geheimnisvollere Ora verbarg.

Ich war Anfang fünfzig, als sie in mein Leben lief, und man sah mir an allen Ecken und Enden an, dass ich Anfang fünfzig war. Ich war schlank, aber grau, unter den Augen dauerhaft beringt, der Mund noch immer kräftig und voll, aber flankiert von zwei tiefen Furchen.

Das Einzige, was für mich sprach, war meine Seele. Rein seelisch, muss ich sagen, war ich der perfekte Mann; so eine schöne Seele besaßen die Allerwenigsten.

Ich war auch zeitlebens damit beschäftigt, an ihr zu arbeiten, hatte eine komplette Gestalt- und eine Verhaltenstherapie hinter mir, zwei, drei Kriseninterventionen und eine abgebrochene Analyse. Ich hatte meine Seele geschliffen und poliert. Außerdem konnte ich gut reden, ich war witzig, ich war originell, auf bestürzende Weise offen, stellte kluge Fragen, konnte zuhören. Ich äußerte mich auch immer zu dem Gehörten, wusste die Dinge auf überraschende Weise zu verknüpfen, brachte den anderen auf andere Gedanken, tröstete, ermutigte, gab Halt, ohne dass man groß merkte, dass ich selbst mehr oder weniger haltlos war.

Auch Ora erlag dem Zauber meiner Seele. Sie lobte meine Geschichten, bei den paar Gelegenheiten, die wir uns trafen, meinen Witz, den Stoff, der aus den sechsundzwanzig größten Katastrophen meines Lebens bestand, meine milden sarkastischen Pointen.

Katastrophen, wenn sie hinter einem liegen, kann man ja jederzeit als Teil einer nicht enden wollenden

Komödie erzählen, und genauso erzählte ich sie, als ginge es nur darum, Ora zu unterhalten, und Ora unterhielt sich prächtig.

Ich möchte dir wochenlang nur zuhören, hatte sie am vierten Abend mit überraschend feierlichem Ernst gesagt.

Es sei wie Urlaub, mir zuzuhören, hatte sie gesagt, womit ich es nach zwei Monaten immerhin zu ihrem Urlaubsmann gebracht hatte – wenn wir in diesem Tempo weitermachten, so war ich versucht zu glauben, wäre der Rest nur eine Frage der Zeit.

*

Das Problem war, dass Ora nicht daran glaubte.

In ihren Augen war es verrückt, sich auf jemand einzulassen, da es doch selten lange gut ging. Zehn Jahre maximal, behauptete sie, wobei zehn Jahre in meinen Ohren wie eine paradiesische Verheißung klang.

Also blieb ich dran, selbst wenn ich gelegentlich zweifelte und aus der Sache rauswollte, doch Ora holte mich jedes Mal mit ein, zwei Sätzen zurück.

Wir müssen uns weiter kennenlernen, war, was sie mantraartig bei verschiedenen Gelegenheiten wiederholte, wobei ich mich fragte, was dann ihrer Meinung nach sein würde, ich meine, wenn wir uns eines Tages *zu-Ende*-kennengelernt hätten.

Denn es klang, als würde es dauern, bis wir uns *zu-Ende*-kennengelernt hätten – Jahre oder sogar Jahrzehnte, in denen wir immer weiter unser beider Leben

leben würden, um wie in *Liebe in Zeiten der Cholera* alt und verschrumpelt die ersten tapsigen Küsse auszutauschen. Wenn sie fünfzig wäre und ich Anfang sechzig, oder schlimmer: sie sechzig und ich Anfang siebzig, falls ich die siebzig überhaupt erreichte, was ich insgeheim bezweifelte, aber im Zweifeln war ich seit der Sache mit Lynn ein Weltmeister. Ich zweifelte an allem, meine Zweifel eingeschlossen.

Und dann sagte ich mir regelmäßig, na gut, aber die Reise. Hatte sie nicht gesagt, dass wir zusammen reisen würden?

Das hatte ich ihr in den ersten Wochen geschrieben, dass ich mir vorstellte, wie es wäre, mit ihr zu reisen.

Es war ein Schuss ins Blaue gewesen, ein nächtlicher Impuls, denn in den Nächten machte ich ihr die unglaublichsten Geständnisse, und dann schrieb sie zurück, das sei mit das Schönste, was ihr je jemand geschrieben habe.

Ich gebe zu, dass mich das überraschte. Aber ich war entzückt, Ora wollte mit mir reisen, und als es nach zwei Wochen bloß noch ein Satz war und ich nachfragte, beteuerte sie, ja, eines Tages würden wir zusammen reisen.

*

Ich habe bis zur letzten Sekunde nicht geglaubt, dass es dazu kommen würde.

Irgendwann hatten wir uns darauf verständigt, welche Wochen infrage kamen, ich hatte zwei Flüge für uns gebucht, doch davon abgesehen spielte die Reise in unseren Gesprächen keine große Rolle. Zwischendurch hatte Ora geschrieben, dass sie dringend ihren Pass verlängern müsse, dann, wie sie das mit ihrem Sohn regeln würde, dass sie gerade packe, dass sie eben, in dieser Minute, auf das Taxi warte und es selbst kaum glaube.

Wir wohnten in verschiedenen Ecken der Stadt.

Ich war wie meistens zu früh und glaubte es erst, als sie im goldenen Mantel winkend aus dem Taxi stieg.

Aber selbst da glaubte ich es im tiefsten Inneren nicht. Ein bisschen mehr, als wir die Kontrollen passiert hatten, als wir weit hinten unsere Plätze einnahmen, obwohl selbst da ein Rest Zweifel blieb.

Ora warf Pläne gerne in letzter Minute um, wie ich aus eigener Erfahrung wusste; ich hielt es für denkbar, dass eine vergessene Flugangst in ihr erwachte und sie in Panik Richtung Ausgang rannte – aber nein, sie legte mit zwei, drei routinierten Griffen den Gurt an, und dazu lächelte sie und sagte, okay, lernen wir uns endlich richtig kennen.

Ora hatte gesagt, dass man sehr gut mit ihr reisen könne, und dasselbe konnte man von mir sagen.

Ich habe auf Reisen keine Listen im Kopf, die ich abarbeiten muss, ich brauche keine *Sehenswürdigkeiten*, keine Höhepunkte, denen ich hinterherjage bzw. mich innerlich ausliefere, bis ich sie abgehakt habe.

Ich würde die Dinge nehmen, wie sie kamen, bereit, alles interessant zu finden, zumal ich ja mit Ora reisen würde, und was gab es bitte Interessanteres.

*

Von Ora stammte die Idee, dass wir nacheinander vier Orte ansteuern und den Rest mehr oder weniger ignorieren würden. Die Orte hatte sie aus einem Song ihrer Lieblingsband Bright Eyes. *June On The West Coast* hieß der Song, den sie aus irgendwelchen Gründen liebte und mir mehrfach vorgespielt hatte.

Die vier Städte oder Orte wurden in dem Song in völlig willkürlicher Reihenfolge erwähnt, deshalb hatte Ora sie umstellen müssen, aber im Prinzip sollte es um diese vier Orte gehen.

Nur so als Gerüst, meinte sie. Es gebe ja eigentlich keinen Grund, einen Ort besser zu finden als einen anderen; Reisen sei reine Willkür, also könne man genauso gut den Stationen eines Songs folgen, und was dazwischen passierte, würden wir ja sehen.

Ich war sehr einverstanden mit dieser Sicht, obwohl ich nicht auf die Idee gekommen wäre, mir vom Sänger einer US-Indie-Band unsere Route vorgeben zu lassen, doch im Großen und Ganzen fand ich die Idee charmant.

Okay, sie war bescheuert, aber wissen Sie, wie wenig mich das störte?

Ich wäre mit Ora zu Fuß durch die Wüste Gobi gewandert oder hätte sie auf Schlitten zum Südpol gezogen, um ein paar Tage am Stück in ihrer Nähe zu sein, und verglichen damit war der Plan mit den vier Orten, zu denen außer Olympia Winnetka, San Diego und Mesa gehörten, beinahe ein Kinderspiel.

Winnetka und San Diego liegen in Kalifornien, Olympia weiter nördlich im Bundesstaat Washington und Mesa östlich von Phoenix (Arizona), woraus sich eine von Nord nach Süd und zuletzt nach Osten verlaufende Route ergab, in der Form ungefähr eines Angelhakens.

Wir hatten eine Strecke von 3290 Kilometern vor uns, falls die Google-Maps-Angaben stimmten, und an jedem der vier Orte würden wir einen Tag Station machen, sodass wir durchschnittlich etwa fünfhundert Kilometer täglich zu fahren hatten. Wir würden Zeit haben, zwischendurch anzuhalten, die passenden Quartiere zu finden oder in den Pazifischen Ozean zu springen, obwohl es hier im Norden für Anfang Juni erstaunlich kühl war, 19 Grad, sagte Oras Wetter-App.

*

Aber jetzt waren wir da. Was immer von nun an zu tun war, würden wir gemeinsam tun, wir waren gemeinsam müde von der zerhackten Nacht, passierten gemeinsam die Kontrollen, warteten ergeben auf unser Gepäck.

Das Flughafengebäude mit seiner Wand aus Glas war – na ja – imposant; es hatte etwas von einer Kathedrale, eine kalkulierte Botschaft aus Licht und Raum, ein bisschen zu kalkuliert vielleicht, obwohl der Blick auf den schneebedeckten Gipfel des Mount Rainier – Ora hatte den Namen gleich gegoogelt – einem für Augenblicke fast den Atem nahm.

Ich hatte einen *Fiat 500 X City Look* für unsere Reise gebucht, weil Ora mal erwähnt hatte, dass sie diese Retro-Autos mochte, Wiedergeborene aus den Sechzigern mit den Annehmlichkeiten des 21. Jahrhunderts, Anschluss für iPod oder Handy, Sitzheizung, Computer.

Es dauerte Ewigkeiten, bis wir ihn hatten. Offenbar war er von einem Mitarbeiter falsch abgestellt worden, zumindest behauptete das die Frau von der Autovermietung, die sich vierhundertmal entschuldigte und zuletzt sogar mit nach draußen kam, um sich mit eigenen Augen zu überzeugen, dass der Wagen gefunden war und wir endlich fahren konnten.

Okay, das war das, sagte ich.

Willkommen, sagte Ora. Hey, wir sind in Amerika, Tag eins, das wird unsere Reise.

Es war ein seltsamer Moment.

Ora hatte die Warterei genutzt, um sich in einer Toilette umzuziehen, und nun saß sie da in einem ersten Kleid, rot mit weißen Punkten, als wolle sie noch einmal betonen, dass ich es wirklich mit einem *Mädchen* zu tun hatte, was Oras Umschreibung dafür war, dass sie sich als hoffnungslosen Fall betrachtete.

Ich besaß keine Erfahrung mit *Mädchen*. Ich hatte mich nie für *Mädchen* interessiert, wahrscheinlich, weil ich ahnte, dass sie einen verrückt machten, aber eben das gefiel mir jetzt: wie Ora vor sich hin trällerte, wie sie ihre nackten Füße aufs Armaturenbrett legte, am Kragen ihres Kleides nestelte oder den Spiegel auf ihrer Seite herunterklappte und sich mit zwei, drei Strichen eines Feuerwehrrots die Lippen nachzog.

Wir hatten uns in den fünf Monaten, die wir uns kannten, kein einziges Mal berührt, aber jetzt saßen wir nebeneinander in diesem lächerlichen *Fiat 500 X*

City Look und fuhren vom Flughafen Seattle Richtung Olympia, rauchten, hörten ihre Musik, *lernten uns kennen*, wie Ora es formulierte, dabei hatte ich alle Hände voll zu tun, den Wagen kennenzulernen, wie er zog, wie er sich schaltete, wie er die Kurven nahm.

Draußen gab es nicht viel zu entdecken, aber das kraftvolle Licht fand ich toll, den majestätisch in sich ruhenden Berg, während das Drumrum eine Ansammlung nichtssagender Gebäude, Wege, Brücken war, die kaum einen präzisen Abdruck hinterließ; man war nur da, um schnellstmöglich weg zu sein.

*

Nach Olympia waren es keine hundert Kilometer. Wir würden etwa eine Stunde dafür brauchen und hatten nicht die geringste Ahnung, was uns dort erwartete.

Ora und ich hatten uns absichtlich keine Reiseführer besorgt oder *YouTube*-Videos angesehen, denn wir waren uns einig, dass man über seine Ziele nur das Nötigste wissen sollte, andernfalls bestand das Reisen ja nur darin, dass man etwas wiedererkannte, und dann hätte man auch zu Hause bleiben können.

Auch der Song gab nicht viel her. *On the outskirts of Olympia / where the forest and the water become one*, sang Conor Oberst, und dann weiter von der stillen, ruhigen Straße einer Kindheit, von einem Bruder.

Als wir den Großraum Seattle verlassen hatten oder glaubten, ihn verlassen zu haben, wurde das Draußen erfreulicher, aber wahrscheinlich gewöhnte man sich nur daran, dass da weiterhin nicht viel war, zersiedelte Landschaft, die Insignien der Straße, viel Schrift, Aufforderungen, es mit diesem oder jenem zu versuchen, Futterstationen, Schlafgelegenheiten, Sport-Spiel-Spaß am Straßenrand.

Ora wirkte eindeutig euphorischer als ich, aber das lag daran, dass sie auf der Suche war; sie hatte ein Ziel, während ich nur fuhr und ohne rechte Verbindung zu ihr war, rauchte, mich in ihre Musik hineinhörte, ansatzweise verdrossen, obwohl ich mir regelmäßig sagte: Aber sie ist hier, neben dir im Wagen, ihre Sucherei ist albern, aber sie macht sie mit dir, du bist Teil davon.

Das Wasser hätten wir schon mal, freute sie sich, als wir, von Norden kommend, das erste größere Gewässer passierten und uns dem Zentrum von Olympia näherten.

Aber waren das hier richtige Wälder? Und konnten Wald und Wasser wirklich eins werden?

Es ist nur ein Song, sagte sie. Und natürlich ist es idiotisch, dich deshalb in dieses Nest zu schleppen.

Sie warf mir eine Kusshand zu und versuchte zu ergründen, ob das hier die von Conor Oberst besungenen *outskirts* waren, dabei war bis auf wenige markante Gebäude eigentlich alles *outskirts;* Olympia war wie die Orte, in denen wir aufgewachsen waren, amerikanisch gedreht und getüncht, aber im Kern das, was wir kannten.

Inzwischen war es früher Nachmittag. Ora wollte ein bisschen gehen, in einer Gegend weit westlich, wenn meine Orientierung stimmte, und tatsächlich glaubte sie, die Stelle nach wenigen Minuten gefunden zu haben. Sie zeigte auf ein weißes Haus mit weitgespannter Veranda – hier und nur hier könne es gewesen sein.

Jetzt müssen wir bloß noch über deinen Bruder sprechen, scherzte sie.

Wir machen alles wie in dem Song, ja?

Die Gegend war nicht im Geringsten bemerkenswert; es gab verschiedene Haustypen, versteckte Garagen, gekieste Zufahrten, die mal nach links, mal nach rechts schwangen, Veranden mit Grillplätzen, ab und zu eine Kinderschaukel, ein Glashaus, dazu jede Menge Vegetation.

Okay, hier also sollte es gewesen sein.

Es hatte keine große Bedeutung für mich, dass wir den Ort gefunden hatten, aber ich mochte, dass sie sich bei mir einhakte und wenig später meine Hand nahm, nicht sehr lang, aber immerhin, als wolle sie prüfen, ob das ginge, und siehe, es ging.

*

Sollten Sie eines Tages in Olympia vorbeikommen, empfehle ich Ihnen die West Bay, wo wir am frühen Abend zusammen aßen. *Anthony's Hearthfire Grill* heißt das Restaurant, wenn Sie es genau wissen wollen, Ora und ich mochten es dort: die riesigen Panoramafenster, durch die man bei Bedarf Wald und Wasser studieren konnte, im Eingangsbereich den peinlichen Brunnen, die absurden zweistöckigen Servierwagen.

Es war erst das dritte oder vierte Mal, dass wir zusammen aßen, in dieser Hinsicht waren wir uns wirklich Fremde.

Beim Essen steht ja viel auf dem Spiel; es gibt Essstörungen, Lebensmittelunverträglichkeiten, kleine Marotten, wie jemand eine Suppe isst oder wie lange er beim Bestellen braucht, doch es passte alles gut.

Ora bestellte den Cod und ich das Wagyu-Steak, was snobistischer klang als es letztlich war. Der Laden gab sich angenehm unaufgeregt, man trank Bier, konnte draußen auf dem Parkplatz rauchen.

Nach dem zweiten Bier wollte Ora, dass ich von meinem Bruder erzählte. Doch ich wusste wenig von ihm; er und ich hatten uns nie sonderlich nahegestanden, und so redeten wir über ihre und meine Jahre im Süden.

Ora und ich waren keine großen Fans unserer Jahre im Süden, von denen ein gutes Drittel völlig im Dunklen lag und der Rest in einem unerquicklichen Zwielicht, das wir nur ansatzweise berührten; wir waren beide früh von dort weggegangen.

Ora meinte, am besten würde man gleich mit fünfzehn oder sechzehn geboren, denn mit fünfzehn hatte sie ihren ersten Freund und mit sechzehn den ersten passablen Sex. Ihre Testphase dauerte zehn Jahre. Sie hatte es in allen Variationen probiert, jung und weniger jung, langsam, schnell, abwechselnd mit und ohne Gefühl, bevor sie mit Mitte zwanzig den Vater ihres Sohnes kennenlernte und sich den Wundern der Monogamie überließ.

Bei mir lagen die Dinge umgekehrt. Ich hatte mit siebzehn quasi als Ehemann begonnen, turnte danach ein paar Jahre herum, bevor ich mich neuerlich als Ehemann versuchte, nicht Nein sagte, wenn sich etwas ergab, was sehr selten der Fall war, das meiste hatte ich längst vergessen.

*

Zweimal gingen wir raus und rauchten. Inzwischen dämmerte es, vom Wasser her wurde es empfindlich kühl, und Ora hatte nur eine dünne Jacke.

Wir müssen uns ein Zimmer suchen, sagte ich.

Ja, das müssen wir.

Es entstand eine Pause, ein komplizenhaftes *Was nun?*, das der Zimmerfrage galt, aber weder sie noch ich schienen abschließend darüber nachgedacht zu haben.

Wir versuchten es in zwei größeren Hotels, die ausgebucht waren, und fanden wenige Straßen weiter etwas in einem heruntergekommenen Inn, das nicht sonderlich vertrauenerweckend wirkte, aber nach dem langen Flug war uns das egal.

*

Ich fragte nach zwei Einzelzimmern.

Das junge Ding am Empfangsschalter sah aus, als wäre es höchstens zwölf und würde hier nur vorübergehend aushelfen. Nach ihrem spanischen Akzent zu schließen, stammte sie wahrscheinlich aus Mexiko, obwohl sie genauso gut aus Guatemala oder sonst woher stammen konnte.

Zwei Einzelzimmer, okay, sagte sie, fragte aber zur Sicherheit nach, worauf ich mehrfach nickte und ihr zwei Finger entgegenhielt, als wäre sie nicht richtig bei Verstand.

Ora stand die ganze Zeit daneben und checkte ihre Mails, schüttelte den Kopf, über mich, dass sie hier mit mir in einem mehr als mittelmäßigen Hotel gelandet war, oder was immer sie dazu brachte.

Die Zimmer lagen direkt nebeneinander im ersten Stock. Wir hatten zwei Schlüssel und zwei Gedanken zu diesen Schlüsseln, womit ich sagen will, dass wir beide kurz innehielten, als bliebe da noch was, was wir hier und jetzt zu erledigen hatten oder überlegten, es zu erledigen, ja oder nein, vielleicht, kommt drauf an.

Es hatte etwas Woody-Allen-artig Komisches, wie wir da standen, aber zum Teil gefiel mir das. Ich fühlte mich jung und dumm, ungefähr wie mit sechzehn; so tapsig blöd und furchtsam hatte ich mich zuletzt mit sechzehn gefühlt.

Ora sagte: O Mann.

Jetzt, am Abend, wirkte sie nicht mehr so bezwingend, wie sie vorhin, im späten Abendlicht, gewirkt hatte, man sah die Gebrauchsspuren, dass sie eine *gebrauchte* Frau war, so wie ich ein *gebrauchter* Mann, aber ich mochte, wenn etwas gebraucht war.

Bekomme ich keinen Gute-Nacht-Kuss?

Es war wirklich alles wie bei Woody Allen.

Woody Allen hat ja eine ziemlich komische Art zu küssen, ein bisschen wie ein Pinguin, wie jemand, der einen Stock verschluckt hat und nur oben am Kopf beweglich ist, und so, fürchte ich, muss ich ausgesehen haben, als ich Ora küsste.

Aber jetzt küssten wir uns.

Sie hatte einen weichen, nachgiebigen Mund, etwas nachdenklich, kam mir vor, als sei sie mit dem einen oder anderen Gedanken beschäftigt, während sie küsste, an unserem ersten Abend in den Vereinigten Staaten von Amerika, falls wir uns da befanden, und tatsächlich sah es ja beinahe danach aus.

zwei

Olympia

Ich weiß bis heute nicht, was genau es an Ora war, das mich aus der Fassung brachte. Ich mochte ihren Humor, ihre erstaunlich dunkle Stimme, dass sie nicht *wütend* war, obwohl es sicher auch finsterere Gründe gab, das Vergangenheitszeug, wie sie sich hier und jetzt bewegte, *Fleisch und Knochen*, die Strahlung ihres Körpers, sagen wir mal, oder was sonst eine Rolle dabei spielte.

Ich hatte sie Mitte Februar auf einer Hochzeit kennengelernt.

Auf Hochzeiten ist es ja nicht schwer, jemanden kennenzulernen, man trifft jede Menge Bekannte, aber diese Bekannten sind nicht alle untereinander verknüpft, und so kommt es regelmäßig zu hübschen kleinen Überraschungen.

Ich liebe Hochzeiten, den optimistischen Ton, der dort herrscht, die umständlichen Begrüßungen der Gäste, die Auftritte, die salbungsvollen Reden, die auch an diesem Abend gehalten wurden, eine davon von mir.

Auch Ora hatte einen kurzen Auftritt. Sie war der heimliche Star des Abends, sie und das Kleid, denn von ihr stammte das Hochzeitskleid, das auf eine furiose Weise schlicht war, sehr blau, irgendwie königlich, dachte ich, während Ora oben auf der Bühne erklärte, worin ihre Arbeit bestanden hatte; Bräute seien ja durchweg schwierige Kundschaft, eigentlich Querulanten, aber nach gefühlt dreihundert Anproben sei es doch noch zu einem Happy End gekommen.

Ich war sofort hingerissen: wie sie da stand und redend geradezu sang, mit einer nahe der Baritonlinie schwingenden Stimme, wie sie gestikulierte und die Leute mit einfachsten Mitteln zum Lachen brachte, und tatsächlich war mir ihr Lachen auf der Stelle das Liebste.

Später, beim Rauchen, kamen wir ins Gespräch; beim Rauchen kommt man ja jederzeit mit jedem ins Gespräch. Ich gab ihr Feuer, nehme ich an, äußerte mich zu dem Kleid, wie kommt es, dass du Kleidermacherin geworden bist, denn so nannte sie sich, sie las Körper und machte Kleider, und ich mochte Leute, die etwas machten und zwischendurch nicht wussten, wie sie die laufenden Kosten bezahlen sollten.

Ora meinte, schon von mir gehört zu haben, eine Sendung im Fernsehen, glaubte sie, obwohl ich noch nie im Fernsehen gewesen bin, denn dafür sind meine Arbeiten doch zu speziell, Überlegungen zum Begriff des Vergessens, eine Kulturgeschichte der Trägheit, etwas über Gewalt und Kollaboration im gesellschaftlichen Raum.

Ich glaube, es war ihr herzlich egal, womit ich mich beschäftigte, sie nahm zur Kenntnis, dass ich Aufsätze und Vorträge schrieb und alle paar Jahre ein Buch veröffentlichte, und bat mich noch einmal um Feuer.

Es war ziemlich kalt da draußen beim Rauchen, erinnere ich mich, denn es war Mitte Februar. Rein wettermäßig fand Ora es ja bescheuert, im Februar zu heiraten, aber um den Jahreswechsel herum waren die Auftragsbücher leer, und insofern waren Winterhochzeiten bei Wind und Graupel eigentlich die besten.

*

Man kann nicht sagen, dass Ora und ich den Abend gemeinsam verbracht hätten. Dazu gab es zu viele Unterbrechungen, Leute, die sie oder mich ansprachen und anschließend wegschleppten, sodass wir uns nur drei-, viermal zum Rauchen trafen.

Alles in allem dürften wir zusammengenommen nicht länger als eine halbe Stunde miteinander gesprochen haben, und trotzdem hatte ich anschließend das Gefühl, erstaunlich viel von ihr zu wissen.

Es war wie bei einer Schnitzeljagd. Ora legte den ganzen Abend sie betreffende Informationen im Gelände ab, ein kleines Bekenntnis hier, eine rätselhafte Anspielung dort, meistens gut versteckt, aber doch nicht so, dass ich sie nicht hätte finden bzw. hören können.

Waren diese Botschaften für mich?

Ora hat das später bestritten, an dem Abend sei sie völlig neben der Spur gewesen, dennoch war es eine Tatsache, dass sie mich wissen ließ, was die groben Koordinaten ihres Lebens waren: die Analyse, ein Mann, den sie als Vater ihres Sohnes bezeichnete, dass sie wie ich aus dem Süden stammte und mehrfach psychisch, sagen wir, in Turbulenzen geraten war.

Wir nahmen die gleichen Tabletten, stellte sich heraus.

Also redeten wir kurz über Tabletten, das Leben, das sie nötig gemacht hatte, über das Thema Alkohol, bis zu welchem Grade sich Tabletten und Alkohol vertrugen. Sie schaute auf meinen Ehering und meinte, ich sei doch getrennt, warum also noch der Ring, dabei hatte ich die Sache mit Lynn nur in einem Halbsatz erwähnt.

Den Rest weiß ich nicht mehr.

Ich weiß noch, wie sie gegen drei bei strömendem Regen in ein Taxi stieg und mir durch die Rückscheibe einen Kuss zuwarf, und am nächsten Morgen, während ich taumelnd das ungefähre Ausmaß des eingetretenen Schadens ermaß, hatte ich ihre erste Nachricht auf dem Rechner.

*

Das Frühstück im *Olympia Inn* war lausig, der Kaffee amerikanisch dünn, das Omelett ein vor Fett triefendes Etwas, der Orangensaft schlecht gefärbtes Wasser.

Es war das erste Mal, dass wir gemeinsam frühstückten und unsere Morgengesichter sahen; es war nach neun, ich hatte seit Wochen erstmals durchgeschlafen, ohne die übliche Unterbrechung zwischen drei und vier.

Here we are.

Ist es nicht unglaublich, dass wir hier sind?

Der Frühstücksraum war etwa zu einem Drittel

besetzt. Man sah Paare verschiedenen Alters, vereinzelt Männer, bei denen es sich wahrscheinlich um Geschäftsreisende handelte, im Eck eine Frau um die vierzig, die gelegentlich zu uns herüberlugte, mit einem Ausdruck der Verwunderung, als wäre es das Unwahrscheinlichste der Welt, dass zwei Menschen zusammen beim Frühstück saßen.

Ora wirkte zerstreut, stocherte in ihrem Omelett, ihrem Obst, rutschte innerlich weg, kam für ein paar Momente zurück, bevor sie neuerlich wegrutschte, schnappte sich mehrfach ihr Handy, obwohl da gar nichts war, schüttelte wie schon gestern den Kopf, über sich, die ausbleibenden Nachrichten, das Gefühl, von der ganzen Welt vergessen worden zu sein, denn ich glaube, darum ging es.

Ich gebe zu, dass ich das nicht mochte. Es war ein Tick, eine weitverbreitete Marotte, na gut, trotzdem mochte ich es nicht. Es machte mich nervös, auch wenn sie jetzt freudestrahlend verkündete, was der Wetterbericht für heute versprach, das Handy kurz ablegte und im nächsten Moment wieder nahm, um sich den neuesten Nachrichten zu widmen, Botschaften aus dem All, die ihr und nur ihr galten, selbst wenn es nur Werbung für ein neues Mittel gegen Nagelpilz war.

Schon gestern auf der Fahrt vom Flughafen hatte sie mehrfach kurz geschrieben, aber jetzt handelte es sich augenscheinlich um etwas Komplizierteres.

Entschuldige, sagte sie. Ich habe vergessen, Alexander zu sagen, dass Jasper morgen kein Fußballtraining hat.

Alexander war der Vater ihres Sohnes, mit dem sie an

die zehn Jahre zusammengelebt hatte. Er und ich waren uns einmal kurz begegnet, als es unten auf der Straße vor Oras Haus zu einer *Übergabe* kam, und das Überraschende war, dass ich ihn auf Anhieb mochte. Wir gaben uns die Hand, sagten, wer wir waren, eigentlich nur die Namen, und irgendwie war klar, dass wir seit Wochen voneinander wussten. Es gefiel mir, dass er von mir wusste, und für einen Moment fühlte ich mich auf aberwitzige Weise mit ihm verbunden: Er war der Mann, der mit Ora ein Kind hatte, und ich war der Mann, der sich um seine Nachfolge bewarb.

Okay, das war's, sagte sie. Ich bin zurück an Bord. Aye, aye, Captain.

Als wäre sie kurz krank gewesen und nun wieder gesund.

*

Ich weiß nicht, welche Erfahrungen Sie mit ersten Reisen gemacht haben, aber im Grunde handelt es sich dabei ja um eine Verrücktheit, zumindest wenn man sich kaum kennt, und Ora und ich kannten uns wirklich kaum. Die groben Umrisse, na gut, das, was im Klappentext stand, aber ohne Kenntnis des genauen Inhalts, des persönlichen Stils, der Eigenwilligkeiten, der dunklen Stellen.

Ich hatte keine Vorstellung, wie Ora roch, wie sie im Schlaf atmete oder mit ihren Freundinnen sprach, ich kannte ihre Geschichte nicht, wusste nicht, wie sie sich bückte, wie sie schwamm, wie sie sich ärgerte oder die

Nase putzte. Kurz: Ich wusste so gut wie überhaupt nichts von ihr und sie noch viel weniger von mir, welche Freunde ich hatte, Essgewohnheiten, die Ticks, meinen Zorn, meine, wie ich es nannte, metaphysische Trauer.

Ora, das fiel mir auf, schien sich keine großen Gedanken darüber zu machen, sie stellte kaum Fragen, entweder weil sie keine hatte oder sich selbst die Antworten gab, aber genau genommen wusste ich nicht mal das.

Nach dem Frühstück bewegten wir uns wieder Richtung Wasser. Wir stapften stundenlang durch den Sand, von der Madrona zur Sunrise Beach, falls das von Interesse ist, Ora im flatternden Kleid, denn es war frühlingshaft windig, bei angenehmen Temperaturen.

Ora liebte den Wind; sie fand es herrlich, so mit nackten Füßen zu gehen, lief mit hochgezogenem Kleid ins Wasser oder saß mit angewinkelten Beinen im Sand, sodass ich mich in das Studium ihrer Zehen vertiefen konnte, ihrer Knöchel, ihrer Fesseln.

Gelegentlich trafen wir auf Leute, Strandläufer aller Art, Familien mit Kleinkindern, Paare, die aus der Ferne grüßten.

Einmal gesellte sich ein radebrechender Vier- oder Fünfjähriger zu uns, sehr hübsch, sehr gesprächig, auch wenn man kaum ein Wort verstand. Offenbar wollte er etwas haben, etwas von Ora, denn er zupfte mehrfach an ihrem Kleid, deutete auf ihre Sonnenbrille, er wollte Oras Sonnenbrille.

Ora war die Situation nicht ganz geheuer, aber schließlich rückte sie die Brille heraus, der Junge setzte sie kurz auf und wieder ab, bevor er sie mit dem Ansatz eines Nickens zurückgab und zu seiner Mutter lief, die weiter oben, Richtung Böschung, auf ihn wartete.

Ora sagte: Diese Kinder aber auch.

Ich habe gedacht, was ist denn mit meinem Kleid? Ich habe es einfach nicht kapiert.

Bei dir muss man eben hartnäckig sein, sagte ich.

So wie du, meinst du?

Genau, wie ich.

Bleib dran. Hatte sie das nicht mal gesagt?

Natürlich hatte sie das auf Ora-Art gesagt, zweimal um die Ecke aus der Sicht meiner Therapeutin, die mich fürs Dranbleiben sicher loben würde (dabei tadelte sie mich dafür), *also bleib verdammt noch mal dran, vielleicht fange ich ja in diesen Tagen an, dir zu vertrauen, denn außer meinen Tabletten traue ich derzeit niemandem, und dir am allerwenigsten.*

*

Ich weiß nicht, welche Rolle die Tabletten spielten, wir nahmen ja weiterhin die gleichen.

Der sechsundzwanzigmal gefaltete Beipackzettel hätte das halbe Feuilleton der *FAZ* füllen können, aber angeblich machten sie nicht süchtig. Man warf zweimal täglich etwas ein und war dann ungefähr in dem Zustand, in dem jeder andere ohne Tabletten war. Es gab *keinen Grund zur Panik,* wenn man sie nahm, denn im Zustand der Panik brachte man nun einmal gar nichts zustande, also schnitt man mithilfe von Medikamenten die emotionalen Spitzen ab und versuchte, ein halbwegs normales Leben zu führen.

Citalopram hieß das Zeug; ich glaube, es ist ziemlich bekannt.

Der Psychiater, der es mir nach zwei Wochen *Diazepam* verschrieben hatte, hatte geradezu geschwärmt. Es dauere zwei, drei Wochen, bis die Wirkung einsetze, gab er zu, kein Vergleich mit *Diazepam*, wo ja auf der Stelle Ruhe herrsche, aber dafür können Sie sich auch jederzeit problemlos *rausschleichen*.

Der Psychiater sah aus wie ein alter SS-Mann und stellte keine langen Fragen: *Wie sind die Nächte. Was machen Sie beruflich. Sind sie sexuell aktiv?*

Ich dachte, er mache einen Witz, denn sexuelle Aktivitäten waren gerade wirklich nicht mein Thema, oder allenfalls in dem Sinne, dass Lynn weiter ihren sexuellen Aktivitäten nachging, allen Beteuerungen zum Trotz.

Damit kam ich offenbar nicht klar. Das heißt: Mit den Aktivitäten selbst wäre ich wahrscheinlich klar gekommen, ich hatte eher, na, sagen wir, ein Beleuchtungsproblem, denn wenn sich herausstellt, dass man seit Jahren zum Besten gehalten wird, erscheinen selbst die unbedeutendsten Kleinigkeiten nachträglich in einem anderen, schmerzhaften Licht.

*

Oras erste Mail hatte nur aus ein paar Sätzen bestanden.

Ich habe vergessen, welche Sätze es waren, aber das ist ja nicht entscheidend. Die Nachricht war, dass es eine

Nachricht gab: Hier, ich bin da, ich schreibe dir, du kannst antworten, bitte antworte, denn warum sonst habe ich mir die Mühe gemacht, ich hätte es ja auch bleiben lassen können.

Ich war, um es vorsichtig zu sagen, erfreut, denn damit hatte ich nicht gerechnet; Ora hatte den ersten Schritt gemacht, selbst wenn sie mir nur zuvorgekommen war, und diesen Schritt musste man ja erst mal tun. Man brauchte ein Quäntchen Energie, um ihn zu tun, man musste den Computer hochfahren, die Adresse eingeben, sich eine Anrede überlegen, eine Botschaft formulieren, falls einem an Botschaften gelegen war, und das schien bei Ora der Fall zu sein.

Ich glaube, ihr Begriff war Freude, meiner Glück.

Was für eine Freude, dich kennengelernt zu haben.
Was für ein Glück, dass wir uns getroffen haben.

In dieser Tonlage, diesem *Sound*, fing es zwischen uns an, was meines Erachtens bewies, dass Ora ihre Schnitzeljagd nicht ohne Absicht veranstaltet hatte, absichtslos absichtsvoll, unter dem Einfluss meiner schönen Seele, nehme ich beinahe an, denn irgendeinen bescheidenen Part musste ich in der Eröffnungsphase ja gespielt haben.

Erinnerte sie sich überhaupt daran?

Ora schaute auf die Fragmente unseres Anfangs nie zurück. Ich vermute, weil sie ihnen nicht traute, wobei ich gerne gewusst hätte, ob sie sie wenigstens aufbewahrte, denn anfangs kam es mir so vor, als würde sie alles sofort vergessen oder als trage sie es schnell wer weiß wohin, um es mehr oder weniger achtlos abzulegen.

Ora war ein Höhlenmensch.

Womöglich war das in gewissem Sinne ja jeder, aber nicht jeder steckte gleich tief und lange drin.

Ich zum Beispiel rannte nach der Erfahrung mit Lynn abwechselnd rein und raus, ohne zu wissen, was bekömmlicher für mich war, während Ora lieber abwartete, sich alle Jubeljahre zeigte und zwischendurch verschwand, was ich ihr anfangs als Wankelmütigkeit auslegte, dabei passte sie nur besser auf sich auf.

*

Am Abend begann ich zu begreifen, dass sie wirklich da war, nicht nur ein Name auf dem Display, sondern ein Wesen aus Fleisch und Blut, obwohl es Momente gab, in denen ich ihre Nähe schwer ertrug und dann dachte, wie viel einfacher es wäre, wenn ich weiterhin Nachrichten an sie schicken könnte und es bei dieser Art von Verbindung bliebe.

Aber das waren nur Momente.

Die meiste Zeit befand ich mich in einem Zustand reinen Entzückens, falls das nicht zu schwärmerisch formuliert ist, schaute, sammelte, labte mich an ihrer Stimme, ihrem Blick, der nicht ohne Rätsel war, ernst und spöttisch.

Ich fühlte mich sehr sterblich neben ihr, auf eine hinfällige Art lebendig, und vielleicht war das ja der vorläufige Kern meines Gefühls: Ich würde eines Tages sterben, aber davor wurde mir das Wunder zuteil, dass sie den zweiten Abend hintereinander mit mir aß.

Ich hätte ja etwas Neues ausprobiert, aber Ora meinte, warum, wenn etwas gut ist, muss man doch nicht weitersuchen, und so landeten wir wieder in *Anthony's Hearthfire Grill*, erwischten sogar denselben Tisch, denselben Blick mit Wald und Wasser und Rauchgelegenheit.

Komm, wir machen alles wie gestern, schlug sie vor. Ich bin gestern, du, das Essen, die Zigaretten, so stehlen wir uns einen kompletten Tag.

Stehlen fand ich super.

Der Cod war leider aus, aber sonst machten wir alles wie am Abend zuvor.

Täglich grüßt das Murmeltier.

Den Film liebte Ora, denn genau so, fand sie, war das Leben. Oder etwa nicht?

Ich würde ja gerne eines Tages was fürs Kino machen, meinte sie, eine richtig lustige Verwechslungskomödie, bei der die Leute dauernd andere Sachen anhaben, doppelte Kleider und doppelte Anzüge, die sich nur durch winzige Details unterscheiden, was man auf den ersten Blick nicht sieht.

Wir redeten über unsere Arbeit, was sich ähnelte und was verschieden war, die guten und die schlechten Momente, wie man an die *Quelle* kam und anschließend innerlich zu fliegen begann, denn genau das war Oras Erfahrung, wenn sie die Kleider, Mäntel, Anzüge aus sich herausrief, nur leider stürzte man dabei auch regelmäßig ab.

Ich fand, dafür sah sie ziemlich lebendig aus.

Ja, findest du?

Hie und da eine Schramme, eine kleine Narbe, aber nicht weiter schlimm.

Als junges Mädchen war sie bei einem Spaziergang in einen Stacheldrahtzaun gefallen, ihre Eltern hatten nicht gut auf sie aufgepasst, seither passte sie selber auf sich auf.

Die Tabletten passten auf sie auf.

War es nicht eine Großtat des menschlichen Geistes, dass er die Tabletten erfunden hatte?

*

Ora hatte etwas verhalten Glühendes an diesem Abend, aß für ihre Verhältnisse viel, ließ nicht wie gestern die Hälfte stehen, sondern wollte sogar Nachtisch, einen neuen Wein, zwischendurch die obligatorische Zigarette, draußen, auf der Terrasse, bevor wir für den Espresso wieder reingingen.

Ich habe überall Sand, sagte sie, zwischen den Zehen, zwischen den Brüsten, überall.

Ich hasse Sand, sagte sie. Na, kommt darauf an. Meine Füße sind zum Beispiel anderer Meinung. Bei mir ist ja dauernd jemand anderer Meinung.

Sie nippte an ihrem Kaffee und wirkte plötzlich nachdenklich.

Ich hoffe, du verwechselst mich nicht.

Manchmal denke ich, dass du mich verwechselst, sagte sie. Dass du dir mich nur ausgedacht hast.

Unsinn.

Bist du sicher?

Dich kann man nicht verwechseln. Du bist, die du bist. Was müssen wir auch zusammen auf diese Hochzeit eingeladen werden. Eigentlich ist die Braut an allem schuld.

Ich habe mich bereits bei ihr beschwert, sagte ich.

Wie hast du es nur zulassen können, dass diese gottverdammte Ora in mein wohlgeordnetes Leben hereinspaziert!

Sie lächelte.

Okay? Ich gewöhne mich schon noch an dich.

Okay, sagte sie.

Ich glaube, sie mochte, dass ich so darüber sprach, jedenfalls lächelte sie, wobei man sich aussuchen konnte, ob es Ausdruck von Zustimmung oder Zweifel war, wahrscheinlich wusste sie es selber nicht.

drei

Olympia – Heceta Beach
(281 miles, 4 hours 42 mins)

Meine Therapeutin, das muss ich sagen, war von Oras Existenz nicht begeistert.

Dabei hatte ich anfangs nur erzählt, dass es Ora gab, dass wir uns schrieben und kaum trafen, wie kompliziert es zwischen uns war, wie verrückt, wie Ora es genannt hätte, und dass ich diese Form von Verrücktheit allen zurückliegenden Verrücktheiten vorzog.

Ora machte mich glücklich. Das Wissen, dass sie existierte, mobilisierte die mannigfaltigsten Energien in mir; wir waren beinahe täglich in Verbindung, die Verbindung gab mir Halt, sie trug mich. Was sollte schlecht daran sein?

Natürlich sagte meine Therapeutin mit keiner Silbe, dass etwas schlecht daran sei, aber sie seufzte regelmäßig, wenn der Name Ora fiel, und als ich ihr erzählte, dass ich zwei Flüge in die USA gebucht hatte, stöhnte sie.

Ich dachte, mein Gott, was hast du ihr angetan, man hätte denken können, dass sie eifersüchtig auf Ora war.

Ich schob den Gedanken sofort weg, was ja hieß, dass er mich fortan begleiten würde: Meine Therapeutin war auf Ora eifersüchtig.

Hatte sie ihr Stöhnen überhaupt bemerkt?

Ich nahm mir vor, es in der nächsten Sitzung anzusprechen, aber stattdessen redeten wir mal wieder über das Neinsagen.

Ich sagte zu spät Nein.

Das war das große Thema meiner Therapie: die wunderbare Entdeckung, dass man Nein sagen konnte, denn wer die Option auf ein Nein hatte, war ein freier Mensch.

Und wo war, bitte schön, mein Nein gegenüber Ora? Hatte ich eins?

So wie es aussah, doch eher nicht.

Ich persönlich fand ja, dass es von Oras Seite schon genug Neins gab; irgendjemand müsse schließlich den Ja-Part übernehmen, aber das war in den Augen meiner Therapeutin grober Unfug.

Sag Nein zu ihr, flüsterte sie. Sie ist nicht gut für dich, *ich* bin für dich gut; du darfst mit dieser Frau nicht reisen, reise lieber weiter mit mir.

Es war nicht das erste Mal, dass sie so flüsterte.

Sie flüsterte bei den unmöglichsten Gelegenheiten: wenn ich auf dem Balkon stand und zum hundertsten Mal nicht sprang, aber auch beim Einkaufen, wenn ich eine viel befahrene Straße überquerte, dann sprach sie regelmäßig mit mir, so in einem flehenden Ton, bitte mach das *nicht* und *dies* am besten nicht gleich, überleg noch mal, du hast Zeit, schau dir alles gut an, vor allem diese Ora, bitte bitte bitte.

Kurz: Ich brauchte dringend ein paar Neins, allerdings lagen sie, wenn man zusammen reiste, ja gewissermaßen auf der Straße.

*

Ora hatte einen komischen Fahrstil.

Sie fuhr sehr flott, ich fühlte mich wohl mit ihr, aber sie wartete immer bis zur letzten Sekunde, bis sie aus dem Windschatten eines Sattelschleppers auf die Überholspur wechselte, bremste für meinen Geschmack zu viel, anstatt rechtzeitig vom Gas zu gehen, was natürlich nur ging, wenn man vorher genügend Abstand hielt.

Es war herrlich, mit ihr unterwegs zu sein.

Das hatte ich mir seit Wochen vorgestellt, wie wir gemeinsam durch die amerikanischen Landschaften flogen und dabei kaum sprachen, und nun war es genauso gekommen. Wir verständigten uns über den Weg, kommentierten hin und wieder einen Song, der gerade lief, ein Stück Text, obwohl ich auf Texte selten achte.

Anfangs hörten wir nur Bright Eyes.

Ora hatte eine lange Wiedergabeliste auf ihrem iPod, nicht nur Best-of, sondern auch die abgelegenen Titel, kunterbunt gemischt, ihren Lieblingssong *Padraic My Prince*, wobei jedes dritte Lied ihr Lieblingssong war. *June On The West Coast* natürlich, *At the Bottom of Everything* mit dem langen gesprochenen Intro, ein Mann und eine Frau in einem abstürzenden Flugzeug und wie der Mann der reichlich verwirrten Frau erklärt, dass sie zu einer Party unterwegs sind. *It's a birthday party. It's* your *birthday party. Happy birthday darling. We love you very, very, very, very, very, very, very much.*

Ora machte andeutungsweise ein paar Tanzbewegungen, während der Song lief, sie fuhr und tanzte, während links und rechts die Versatzstücke des Highways an uns vorüberzogen: Tankstellen, Motels, Drive-In, am Straßenrand allerlei totes Kleinvieh, Katzen, Kaninchen, einmal ein Waschbär, wie ich glaubte, abgesprungene Radkappen, fliegender Müll, die in kleinen Ausbuchtungen lauernde Highway-Patrol.

Wir begannen, uns zu entspannen, redeten plötzlich über die Ehe, später über Sex, nach einer längeren Pause in einem Deli, wo wir eine Kleinigkeit aßen.

Es war Ora, die damit anfing.

Ich fuhr, Ora fragte. Warum die Ehe, warum Lynn. Ich solle ihr Lynn doch mal beschreiben, wie sieht sie aus, wie war sie im Bett, was ist passiert, dass es mit euch beiden nicht geklappt hat, was war dein Fehler.

Ich hatte den Fehler, ehrlich gesagt, nicht gefunden, womöglich gab es ja keinen. Natürlich hatte ich nervige Angewohnheiten, hörte abends im Bett Musik, kam zu allen Terminen zu früh und hasste, wenn jemand unpünktlich war, ich geisterte nachts zwischen drei und vier durch die Wohnung, war nicht durchweg gut drauf, hatte Tiefs, war nicht immer hundertprozentig da, aber wer, bitte, war das schon.

*

Das Thema Sex war in Lynns zehnseitigem Abschiedsbrief mit den wichtigsten neununddreißig Gründen, warum sie es nicht mehr mit mir aushalte, nicht vorgekommen. Sex war nie ein Problem zwischen uns gewesen, obwohl ich mir da wahrscheinlich etwas vormachte, denn warum sonst war Lynn dauernd zu anderen Männern gegangen?

Ihr Hauptgrund war gewesen, dass sie mich so unendlich langweilig fand. Meine Aufsätze langweilten sie, meine Krisen, meine Erfolge.

Über das tödliche Gift der Langeweile, hatte sie ihren auf dem Laptop verfassten Abschiedsbrief überschrieben. Es fehlte nur die Nummerierung, denn Lynn liebte es, Dinge zu nummerieren, sie liebte Listen, Zahlen und Fakten, Rechnungen, die aufgingen, und die mit mir ging seit Langem nicht mehr auf: *Ich frage mich bloß, wie dir das hat entgehen können, denn weg bin ich seit Jahren.*

Das war die späte Lynn.

Ich hatte mir bis zuletzt eingeredet: Solange sie mit dir schläft, sind ihre Eskapaden ohne Bedeutung, was natürlich reines Wunschdenken war.

Wahrscheinlich hätte ich ihr irgendwann ein Ultimatum stellen sollen, ihr Grenzen setzen, *entweder–oder*, wie mir Freunde rieten, aber dann fasste sie mir in der Küche beim Kochen zwischen die Beine, und ich dachte: Na gut, soll mir das etwa nicht gefallen?

Und siehe da, es gefiel mir, beinahe bis zum letzten Mal, obwohl ich mich an das letzte Mal nicht erinnere. Aber egal, irgendwann war es das letzte Mal, und eines

Tages präsentierte sie mir die Schlussrechnung, worauf sie sich als erfolgreiche Consulterin ja bestens verstand.

Ora sagte: Tja.

Sie ist nur irgendeine Frau, sagte sie. Lach darüber. Eines Tages wirst du über all das lachen.

Manches schien sie aus eigener Erfahrung zu kennen, in der *Vorbereitungsphase,* wenn dem anderen plötzlich nichts mehr passt, wenn die *Beweise* gesammelt werden, die Begründungen für *später.* Man wacht am Morgen auf und weiß, dass man für den anderen nur noch falsch ist, die permanente Nervensäge, der, den der andere so schnell wie möglich weghaben will, nur leider lebt man bis auf Weiteres in einer gemeinsamen Wohnung.

Das kannte Ora, nur dass es bei ihr *einfach so* passiert war, was die Sache noch schlimmer machte. Etwas war von heute auf morgen vorbei, und niemand konnte sagen, warum.

Es gibt Gegenbeispiele, sagte sie, wobei ihr auf die Schnelle leider keines einfiel.

*

Am frühen Nachmittag hatten wir keine Lust mehr auf die *Interstate 5.* Ora wollte ans Meer, das gut eineinhalb Stunden weiter westlich lag, nicht gerade um die Ecke, aber durchaus machbar – der Plan war zwar ein anderer gewesen, doch waren Pläne nicht da, um sie über den Haufen zu werfen?

Ora: Ja, wirklich? Bist du einverstanden?

Am Ende landeten wir in einem kleinen Ort namens Heceta Beach, wo man angeblich Wale beobachten konnte und der, wie sich herausstellte, ein Volltreffer war. Es gab einen hübschen alten Leuchtturm, frisch getüncht, roter Kopf, in der Ferne zwei golden leuchtende Felsen und vor uns ausgebreitet die fast menschenleere Bucht und das doch recht kühle Wasser des Pazifiks.

Ora steckte kurz den Fuß rein und machte: Bäh.

Mist, sagte sie, jetzt habe ich mir eigens für die Reise einen neuen Bikini gekauft, und was haben wir: Temperaturen wie am Nordpol.

Der Bikini war im Koffer, wir hätten zum Wagen zurücklaufen müssen, um ihn zu holen, aber sie machte keine Anstalten. Wir krempelten unsere Hosen hoch und liefen ein paar vorsichtige Schritte rein, Richtung Fels und Gold, hielten uns an den Händen, schauten uns an, was es gab, die bewaldeten Hügel links und rechts, in der Ferne eine Brücke, die fadendünne Grenze zwischen Wasser und Himmel.

Ora zog mich abwechselnd in die eine und in die andere Richtung, wobei sie mich mehrfach küsste und dann weiterzog, zurück an den Strand zu zwei alten Baumstämmen, wo sie noch eine Weile sitzen und schauen musste, das glückliche kleine Mädchen, das beinahe in den Pazifischen Ozean gesprungen war.

Auf einmal war das Vergangene wie weggeblasen: die Tabletten, der ganze Kladderadatsch mit Lynn, das Misstrauen gegenüber allem und jeden – als könne man alles hinter sich lassen und sagen: Scheiß drauf, jetzt, in dieser Sekunde, fangen wir von vorne an.

Es waren nur ein paar Momente, aber sie waren das Beste, was mir seit Jahrhunderten passiert war, hier mit dieser Fremden, denn trotz all der Formeln und Beschwörungen war sie mir doch weiterhin sehr fremd, so für sich, wie sie neben mir herging, später, auf dem Weg zum Leuchtturm, wo sie wieder meine Hand nahm und auf halbem Weg wie aus heiterem Himmel sagte: Okay, jetzt frag ich dich was.

Vielleicht inspirierte sie ja der Phallus aus Stein, der in hundert Metern Entfernung vor uns in den Himmel ragte, jedenfalls kam sie noch einmal auf das Thema Sex, was zwischen uns stattfand oder besser: was nicht.

Warum ich sie eigentlich nie gefragt habe, wollte sie wissen.

Tja, warum.

Mir wäre nie eingefallen, dass man sich das fragen muss.

Es begann bereits zu dunkeln, als sie damit anfing und oben im Leuchtturm plötzlich das Licht anging, so als Kommentar, dachte ich, als Witz, wer auch immer für dergleichen Witze verantwortlich war.

Ich habe keine Ahnung, sagte ich.

Bei welcher Gelegenheit hätte ich dich denn fragen sollen? So viele Gelegenheiten gab es nicht.

Sie fand, dafür gebe es immer eine Gelegenheit.

Ich frage dich, seit ich dich kenne, sagte ich.

Nein, das ist nicht wahr.

Ich zittere bei dem Gedanken, wenn ich ehrlich bin.

Darüber lachte sie. Sie sagte: Hallo? So kompliziert bist du?

Na komm, sagte sie beschwichtigend, als wäre es nur so eine Sache, die sie interessiert hätte. Sie bestand nicht darauf, was mir gefiel.

Trotzdem blieb das Warum.

Vielleicht gab es ja Reste einer semikatholischen Fraktion in mir, oder es handelte sich um das berühmte Nein, das meine Therapeutin aus mir herauszukitzeln versuchte, so richtig wusste ich es nicht.

Ich hatte gelegentlich von Ora geträumt, vielleicht waren ja die Träume schuld daran.

Oder es ging nur um die Reihenfolge; für mich war Sex eine Folge von etwas, für Ora schien er eher eine Voraussetzung zu sein.

So ungefähr erklärte sie es mir auch, was wie ein nachträgliches Angebot klang, obwohl sie ein schwer lesbares Gesicht dazu machte, als wüsste sie selbst nicht, was sie wollte, sich mich vom Leibe halten oder mir sagen, dass ich es war, der sie sich vom Leibe hielt.

Wir müssen verrückt sein, sagte sie.

Aber deshalb, fand ich, waren wir ja hier.

*

Sie war einverstanden, dass wir weiter zu den Walen gingen, falls es dort tatsächlich Wale gab, was sie als notorische Pessimistin bezweifelte.

Ein Quartier brauchten wir allmählich auch, was aber kein Problem sein würde, denn es gab jede Menge Zimmer, in denen man bis Einbruch der Dunkelheit Ausschau halten konnte; wir nahmen gleich das erste.

Die Vermieterin sah wie eine alt gewordene Alice aus dem Wunderland aus und tätschelte Ora ewig lange die Hand, fragte nach dem Woher und Wohin, wollte wissen, ob einer von uns Klavier spiele, denn es gab ein altes Klavier, allen möglichen Plunder bis weit zurück in die Zeiten des großen Goldrauschs, ein scheußliches Bett, Sofas, zwei Fenster mit Blick auf den Ozean.

Es war lange nach sechs, also beschlossen wir zu bleiben. Wir holten den Wagen mit unserem Gepäck und besorgten uns im Supermarkt Brot und Käse, eine luftgetrocknete Salami, Oliven, gerade als befänden wir uns irgendwo in Italien.

Ich mochte es, dass wir zusammen einkauften.

Ora war sehr schnell, als würde sie das schon seit Jahren hier tun, legte ihr Augenmerk auf den Wein, fragte, wie ich zu Artischocken stünde, rümpfte freundlich die Nase über den Nescafé, den ich in den Einkaufswagen legte, denn ohne Kaffee war ich in den ersten Stunden des Tages nicht zu gebrauchen.

*

Die Wale sahen wir erst am nächsten Morgen.

Wir hatten bis lange nach Einbruch der Dunkelheit auf der Terrasse gesessen, aßen und tranken, ohne sonderlich viel zu reden, nur dass wir gar nicht richtig da waren, als wäre es nur ansatzweise wahr.

Wir zählten uns kurz auf, wo wir schon gewesen waren, allein oder nicht allein, und waren uns einig, dass es *okay* gewesen war, die Reisen mit Lynn und dem Vater von Jasper eingeschlossen.

Alles schien Ewigkeiten her zu sein, so fern wie die Abenteuer des Odysseus oder wer sonst sich vor Zeiten auf die Überquerung irgendwelcher Meere eingelassen hatte und anschließend nur mit Mühe nach Hause fand.

Irgendwann gähnten wir.

Entschuldige, sagte sie. Der Wein. Wollen wir reingehen?

Jetzt, in der Dunkelheit, wirkte das Zimmer nicht mehr ganz so absurd wie bei Tageslicht, außerdem war es nur ein x-beliebiges Zimmer, selbst wenn der weitere Ablauf völlig unklar war.

Ora setzte sich erst mal ans Klavier und sagte, dass sie ein paar Jahre gespielt habe, bis sie vierzehn war, danach kamen die Jungs.

Wovor fürchtest du dich eigentlich, fragte sie.

Wovor fürchtest *du* dich, gab ich zurück und dachte: Dass dich jemand sieht, dass du dich nicht nach Lust und Laune verstecken kannst.

Aber sie versteckte sich gar nicht.

Ich sah, wie sie ihre Tabletten nahm, hörte sie im Bad, während auf *Fox News* zwei wirklich gute Sketche von Donald Trump liefen; ich sah sie in ihrem weißen T-Shirt, ihre Konturen, wie schmal sie war, wie unbeschwert, neben mir in unserem amerikanischen Bett.

Der Rest war Brüderchen und Schwesterchen.

Aber sie hatte noch eine Frage.

Sie lag halb aufgerichtet auf der Wandseite, mit aufgestütztem Kopf, das Gesicht flach auf der Hand, mir zugewandt, dachte ich, obwohl da auch ein Anflug von Ärger zu spüren war, so in der Pose *Was-ich-dich-fragen-muss, du-hast-da-kürzlich-etwas-gesagt, glaube-bloß-nicht-dass-mir-das-entgeht, denn-es-entgeht-mir-überhaupt nichts.*

Die Sache mit dem Balkon.

Und dann stehst du also auf deinem Balkon und denkst über das Leben nach?

Na ja, nachdenken, sagte ich.

Nachdenken fand sie grundsätzlich gut, Tabletten oder Balkon oder ich weiß nicht was, man habe ja jederzeit die Wahl.

Ich: Im Grunde rauche ich nur.

Sie sah mich die ganze Zeit an, mit einem forschend unnachgiebigen Blick, der voller Missbilligung war.

Die Frage ist ja, was man *danach* macht, sagte sie.

Man springt, und was macht man *danach*?

Sie war richtig böse auf mich, wollte, dass ich in eine Erdgeschosswohnung zog, das Rauchen aufgab, die Gedanken.

Am besten lässt du das Denken einfach eine Weile sein.

Ja, ja, sagte ich. Ich werde darüber nachdenken.

Sie lachte und sagte: Das höre ich gern.

Alles in diesem gemäßigt schwarzen pädagogischen Stil, der mich erfreute, mich beglückte, denn es bedeutete ja was, ich meine, diesen Punkt musste man ja erst mal erreichen, sie machte sich lustig über mich, sie war todernst und lachte über mich.

*

Irgendwann nachts wachte ich auf und lag auf ihrer Seite. Offenbar war ich im Schlaf an sie herangerobbt, wir *löffelten* oder wie man die Stellung nannte, jedenfalls hielt ich sie von hinten umfasst.

Ich wusste sofort, dass es nicht Lynn war, was ich beruhigend fand; es war Ora, die ich hielt.

Es war höchstens eins, halb zwei; ich lag eine Weile wach, zog den Arm nicht weg, achtete auf ihren Atem, ihren Geruch, zwischen den Schulterblättern ein kurzes Zucken, ließ aber alles, wie es war.

Nach einer gefühlten Ewigkeit korrigierte ich den Arm, wodurch sie leider aufwachte und dann sagte: Bleib, es ist doch richtig so.

Ich zog sie ein bisschen genauer an mich heran und dachte, sie würde sofort weiterschlafen, aber das war offensichtlich nicht der Fall.

Ich bin froh, dass du mich das mit der Reise gefragt hast, sagte sie.

Du warst so mutig. Ich wollte es sofort. Mit dir auf jeden Fall.

Es hörte sich nach einem Aber an.

Ich wusste, dass ich dieses Aber nicht mögen würde und wer weiß was täte, damit es dieses Aber nicht mehr gäbe.

Aber?, fragte ich.

Nur leider ist es so, dass man mich nicht glücklich machen kann.

Auch du nicht.

vier

Heceta Beach – Eureka
(268 miles, 5 hours 22 mins)

Als ich wach wurde, war es nach sieben. Ora schlief, mit angezogenen Beinen, halb seitlich mit dem Gesicht zu mir gewandt, ziemlich entspannt, als gehöre der Schlaf nun wirklich nicht zu ihren Problemen, denn das hatte sie mal gesagt, sie schlafe wie ein Murmeltier, knirsche mit den Zähnen, falls das jemanden interessiere, aber mit den Nächten komme sie gut klar.

Ich schaute ihr eine Weile zu, wie sie da lag und schlief, ein bisschen wie ein Dieb, um ehrlich zu sein, mit einem Gefühl der Rührung, weil es so vertrauensvoll aussah.

Warum *sie?*, dachte ich.

Vergiss das hier nicht.

Never trust.

Man hörte draußen das Meer, erstaunlich laut; jetzt, am frühen Morgen, schien es besonders viel Kraft zu mobilisieren, von Walen keine Spur.

Ich machte mir Kaffee und zog mich leise an, um

im Supermarkt von gestern fürs Frühstück einzukaufen: Orangensaft, ein amerikanisches Nutella, weil Ora erwähnt hatte, dass sie das Zeug liebe, ein paar Croissants, die es erstaunlicherweise gab, eine Handvoll Postkarten mit Walen in allen Variationen.

Als ich zurückkam, stand sie am Fenster und sagte: Schau mal. Sie sind da. Da drüben. Siehst du?

Sie waren ziemlich weit draußen, ein halbes Dutzend geschwungene Rücken, die auf- und wieder abtauchten und riesige Wasserfontänen in die Luft prusteten, bestens gelaunt, so wie es aussah, unser kleines Touristenglück am Morgen.

Manchmal muss man nur warten können, sagte Ora.

Ich habe uns etwas zum Frühstück gebracht, sagte ich.

Ja? Das ist lieb. Ich mach mich schnell fertig.

Auf der Terrasse war es morgendlich frisch, aber es gab einen ersten Streifen Sonne und draußen die Tiere, die kamen und gingen und wiederkamen; immer wenn man dachte, jetzt seien sie weg, tauchten sie an anderer Stelle von Neuem auf.

Ich rauchte, wartete auf Ora, die sich wenige Minuten später zu mir setzte, ausnahmsweise ohne Handy, in einer flatternden Ruhe, hungrig, wie sie behauptete, obwohl sie dann gerade ein halbes Croissant schaffte, mehr krümelte als aß, als Essende eine neue Tonart anschlug, ein dunkles Dur, aber weiterhin Dur.

Ich bin noch gar nicht wach, sagte sie.

Manchmal hatte sie Schwierigkeiten, in den Tag zu finden, mal mehr, mal weniger. Früher sei sie von einer Sekunde auf die andere aus dem Bett gesprungen, aber mit den Tabletten sei es mühsam. Ständig lasse ich Leute warten, vergesse Termine, bin zu spät, dabei hasste sie es, wenn Leute sich verspäteten.

Wir haben keine Termine, sagte ich.

Ich hasse mich dafür.

Also, ich würde sagen, zu siebzig Prozent bist du schon da, sagte ich. Kommt darauf an, auf was man wartet bei dir. Außerdem bin ich ein ziemlich guter Warter.

Glaub bloß nicht, dass du mich kennst!

Nein, sagte ich.

Ora: Doch. Ich meine, das ist es ja.

Sie krümelte weiter an ihrem Croissant und sagte, dass es ganz schrecklich sei, von mir gekannt zu werden, aber leider kümmere mich das ja überhaupt nicht.

*

Tatsächlich bestand die große Lehre aus meiner Beziehung zu Lynn darin, dass man vom anderen letztlich nichts weiß. Man sammelt die Jahre und redet sich ein, dass man das meiste berechnen kann, die Bahnen, die der andere ziehen wird, was er aushekt, was er zustande bringt, über ein Wochenende im September zum Beispiel, denn genau so lange hatte Lynn gebraucht, um endgültig aus meinem Leben zu verschwinden.

Man steigt am Freitagabend in den Wagen, um seine Mutter im Pflegeheim zu besuchen, und wenn man sonntagabends zurückkommt, hat der Partner die Wohnung leer geräumt.

Es dauerte eine Weile, bis ich es begriff: dass sie weg

war, dass die Sachen weg waren, dass es keine Erklärung gab, kein handgeschriebenes Briefchen, in dem stand, tut mir leid, ich kann nicht anders, denn das wäre immerhin ein Rest Lynn gewesen, den ich gekannt hatte, aber nun kannte ich gar nichts mehr.

Auf der materiellen Ebene ist eine Ehe ja eine vergleichsweise klare Angelegenheit. Es gibt verschiedene Gruppen von Gegenständen, einen Bestand A, der, sagen wir, der Frau gehört, einen Bestand B des Mannes sowie einen Bestand AB, der sich aus dem zusammensetzt, was das Paar im Laufe der Jahre gemeinsam angeschafft hat.

Lynn hatte sich für eine einfache Subtraktion entschieden: Was immer ein Teil von Lynn gewesen war, war weg.

Sie musste Kolonnen von Lastwagen vorfahren haben lassen, denn sie hatte wirklich alles mitgenommen, ihre Klamotten, Bücher, CDs, klar, dazu mindestens zwei Drittel des Mobiliars, Tische, Stühle, Lampen, das Bett natürlich, praktisch die gesamte Küche, sogar die Vorräte, Gewürze, Tiefkühlkost, im Bad die Medikamente, alles ratzfatz weg.

Ich fühlte mich wie nach einer Plünderung. Ich fühlte mich leer, ich fühlte mich wie ein Nichts, wie jemand, der geschändet worden ist, ein nichtsnutziger Lump, auf den man keine Rücksicht mehr nehmen muss und der nun sehen konnte, wie er sich zurechtfand, danke für alles, Lynn.

Ich war wie tot nach ihrer Aktion, die gemeinsamen Jahre waren tot, die Pläne, die wir gehabt hatten, sogar die Ficks. Alles.

Ich hörte ein halbes Jahr nichts von ihr. Ich wusste nicht, wo sie lebte, nicht mal, ob sie noch in der Stadt war. Offenbar hatte sie sich ein neues Handy besorgt, eine neue E-Mail-Adresse, denn als ich einmal etwas von ihr brauchte, kam die Nachricht mit Fehlermeldung zurück.

Nur einen cremefarbenen Dildo hatte sie hinterlassen.

Ich entdeckte ihn nach Wochen im Bücherregal hinter Shakespeares Gesammelten Werken, als ich anfing, die mir gebliebenen Bestände neu zu sortieren; offenbar hatte sie vergessen, dass sie ihn dort deponiert hatte, ich hatte ihn nie zuvor gesehen.

Ora fand das urkomisch, ausgerechnet Shakespeare.

Wir saßen weiterhin auf der Terrasse, Ora hatte erneut die Tonart geändert, mit einer klaren Tendenz zu C-Dur, was hieß, dass sie sich amüsierte.

Einen Dildo? Wie witzig ist das denn? Deine Lynn benutzte Dildos? Wenn du auf Reisen warst und ihre Liebhaber keine Zeit hatten, oder wie?

Dildos sind scheiße, sagte sie. Also, wenn du mich fragst.

Sie wollte, dass ich ihr die Wohnung beschrieb, *vorher–nachher*, was danach war, aber danach war nicht viel. Lynn tauchte gelegentlich in meinen Träumen auf, ich besichtigte Häuser im Rohbau mit ihr und holte ein, zwei Fernreisen mit ihr nach.

Aber die Wahrheit war, dass ich ohne große Empfindung war. Es war nicht mehr viel übrig von mir, ein paar alte Zuckungen, die mich abhielten, von Balkonen oder

Brücken zu springen, die Geschichte mit Ora, die wahrscheinlich zu früh kam, aber vielleicht gab es in diesen Dingen ja kein zu früh oder zu spät.

*

Gleich nach dem Frühstück brachen wir auf.

Ich fuhr, es war unser vierter Tag. Die Strecke Richtung Süden zog sich, dabei gab es alle zehn Minuten einen spektakulären Ausblick, viel Blau und Weiß, rechter Hand das Meer, vereinzelt Ortschaften, eine Bucht, in einer blank geputzten Landschaft.

Ora hatte ihren Telefonanruf bei Jasper vergessen, deshalb wollte sie das jetzt nachholen, bis ihr einfiel, dass es bei ihm längst Mitternacht war.

Sie nahm sich das erstaunlich übel, wie ich fand, als hätte sie ihrem Sohn wer weiß was angetan, aber offenbar gehörte das schlechte Gewissen dazu, wenn man Kinder hatte, ich hatte keine Erfahrung damit.

Ich war Jasper nur ein einziges Mal begegnet. Er hatte sich nicht sonderlich begeistert gezeigt, aber eigentlich nahm er mich kaum wahr; ich war nur der Grund, warum er früher ins Bett musste, damit ich mit Ora in der Nähe essen gehen konnte. Er war ein wenig erkältet und herzerfrischend bockig, deshalb konnte sich Ora ewig nicht losreißen, entschuldigte sich tausendmal für das Gezerre. Dabei mochte ich den kleinen Kerl, er war hübsch, er war wach, ein Stück Ora, dachte ich, von mir aus hätten wir das Essen auch lassen und zu dritt eine Partie *Mensch ärgere dich nicht* spielen können.

Lynn hatte nie Kinder gewollt. Anfangs ja, aber da hatte es beruflich nicht gepasst, und als es beruflich gepasst hätte, fühlte sie sich zu alt, zu egoistisch, wie sie es nannte; schließlich bot das Leben ihrer Freundinnen reichlich Anschauungsmaterial, was so eine Kinderversorgungsmühle aus einem machte.

Es blieb nichts mehr von einem übrig. Man wurde schneller alt, niemand achtet mehr auf dich, die Blicke gehen an dir vorbei, im Grunde bist du Luft.

Darauf hatte sie keine Lust. Lynn wollte gesehen werden, wenn sie einen Laden betrat oder auf einer Party auftauchte, sie wollte wild tanzen, sie wollte flirten, notfalls mit jemandem für eine Nacht mitgehen, Mann oder Frau, egal.

Nur weil sie Mitte vierzig war, konnte das Leben doch nicht schon vorbei sein. Das Leben war ihr noch etwas schuldig.

Sie hatte Geld wie Heu, aber sie langweilte sich, und je mehr sie sich langweilte, desto dringender wollte sie weg.

Ora sagte: Aber das war nicht von Anfang an so.

Nichts ist von Anfang an so.

Aber jetzt glaubst du nicht mehr daran.

An die Ehe, meinst du? An die Amerikanerin im Allgemeinen?

Dabei war Lynn keine Amerikanerin. Ihre Mutter war Amerikanerin. Sie selbst kannte Amerika nur aus Filmen.

Von Amerikanerinnen würde ich dir in Zukunft abraten.

Nie wieder, sagte sie.
Nie wieder, sagte ich.
Keine Brücken, keine Balkons.
Versprochen.
So war Ora.
Ich meine, wenn sie richtig da war, dann war sie so. Wenn sie ihre Tabletten vergaß, wenn sie aus ihrer Höhle krabbelte und sich in einem Akt der Barmherzigkeit über unseren Planeten beugte.

Ich kenne da jemanden, sagte ich. Ich sitze mit ihr in einem *Fiat 500 X City Look*, und sie ist entzückend.

Das mit dem Wagen stimmt, erwiderte sie und spielte die letzten Bright-Eyes-Songs von ihrer Liste, *We Are Nowhere And It's Now, Something Vague, A Song To Pass The Time;* es passte wirklich fast alles.

*

An den Wagen hatten wir uns inzwischen gewöhnt. Bei Steigungen zog er nicht besonders, man musste sich gut überlegen, ob und wann man überholte, aber er verbrauchte nicht viel, wir tankten höchstens einmal täglich, tranken zur Belohnung dünnen Kaffee und fielen über alle möglichen Sandwichs her, drinnen oder draußen.

Ich mochte unsere Pausen, wenn im Kopf die Straße unter einem wegzog, wenn man kaum bei sich war und es nichts zu sagen gab, außer wie dieses oder jenes schmeckte oder dass die Cola nicht richtig kalt war.

Normalerweise dauerten unsere Stopps keine Viertelstunde, aber heute hatten wir *Vergangenheitstag*.

Ora hatte getankt und sich um den Proviant gekümmert, während ich auf ein paar Tische und Stühle aus grüngelbem Plastik zugesteuert war und mich mit einer Gruppe verwilderter Hunde beschäftigte, bis sie kam.

Außer einem rauchenden Lastwagenfahrer war sonst niemand da. Die Sitzgruppe lag leicht abseits Richtung Straße, sodass man ohne Bedenken rauchen konnte, was vielleicht der Grund war, dass wir blieben und ins Reden kamen. Ora sagte etwas über die spindeldürre Frau an der Kasse, und drei Sätze später waren wir bei den Geschichten von früher, redeten über unsere Therapeuten, wie es bei unseren Therapeuten aussah, die Couch, das komische Ritual des Hinlegens, was man im Blick hatte, wenn man auf der Couch lag, Bilder, Gardinenstangen, ein Stück Himmel, die wöchentlich wechselnden Blumen in einer Vase.

Ora machte immer gleich die Augen zu.

Ich sehe mehr, wenn ich die Augen zumache, sagte sie.

Ich mache die Augen zu und sehe die Gardinenstange, den blöden Picasso, der am Fußende des Sofas hängt; sonst ist da nämlich nicht viel.

Sie nippte an ihrer Cola, schnippte eine *Chesterfield* aus ihrer Packung und legte sie neben die Packung hin.

Man findet einfach nichts heraus über sich.

Nein?

Das meiste kann ich mitsingen, so in- und auswendig kenne ich mich, sagte sie.

Es ist so langweilig. Das Leben ist langweilig. Man müsste es komplett umkrempeln, nicht wahr? Sagt man doch, ich kremple jetzt mein Leben um, und dann sieht man die Nähte und die Waschanweisung und ist trotzdem nicht besser drauf.

Das Leben ändert sich, auch wenn du selbst nichts änderst.

Ist das so?

Ja, wahrscheinlich, sagte sie. Ich bin sehr schlecht im Ändern. Ich mag es nicht, wenn sich etwas ändert, außer vielleicht beim Autofahren.

Sie lachte, nahm meine Hand, sagte: Okay, ich denke, wir müssen los, lass uns einfach weiterfahren.

*

Dass Ora ihr Leben superlangweilig nannte, nahm ich nicht allzu ernst, denn das Gegenteil war der Fall. Sie mochte das Leben, das sie führte; es beruhigte sie. Sie kümmerte sich um Jasper, vernähte die Ränder der Knopflöcher an ihren Kleidern, versuchte das Chaos in ihrer Wohnung unter Kontrolle zu halten und verhandelte mit der Bank, wenn ihr Dispo mal wieder überzogen war.

Bei mir ist seit hundert Jahren nichts passiert, behauptete sie, und was immer da sonst noch gewesen war, erschien ihr rückblickend wie ein Witz.

War nicht das ganze Leben ein Witz, von Jasper abgesehen?

Okay, Psychiatrie ist natürlich scheiße, aber das war ungefähr zu der Zeit der Inkas.

Sie hatte sich gelegentlich vorübergehend aus dem Verkehr gezogen, na und?

Ich hatte keine Erfahrung mit Psychiatrie, deshalb war ich mit Fragen vorsichtig, aber nicht so vorsichtig, dass ich sie nicht stellte.

Wieso *du*, woher, glaubst du, kommt das, was immer es genau gewesen war, die Angst, die Panik; sie nannte es das Biest.

Aber Ora kannte die Gründe nicht.

Niemand kannte sie.

Nicht, dass du denkst, ich hätte eine schreckliche Kindheit gehabt. Ich hatte eine wunderbare Kindheit, behauptete sie. Also keine Ahnung, warum.

Das Leben war der Grund. Die Gene, glaubte sie. Es gab gute Gene, es gab schlechte, und so hatte eben jeder seine Mischung, mit der er sich durchs Leben schlagen musste.

In der Regel kam sie gut zurecht. Sie litt unter Flugangst, hatte mulmige Momente in ICEs, kleine Panikattacken im Supermarkt oder wenn ihr der Alltag mit Jasper über den Kopf wuchs, aber wem wuchs der Alltag nicht gelegentlich über den Kopf.

Wenn Jasper bei seinem Vater war, schaffte sie es manchmal nicht aus dem Bett, ging tagelang nicht ans Telefon, machte die Glotze an und wieder aus, und irgendwann stand sie auf und es war vorbei.

Man wartete, bis es vorbei war, und mehr war über die Angelegenheit nicht zu sagen. Sie hatte die Tabletten, sie ging zweimal die Woche zu ihrer Analytikerin, es war seit Jahren nichts Schlimmes vorgefallen.

Ich fragte, warum dann noch die Tabletten.

Die Tabletten, ja.

Die Tabletten waren ihre Rückversicherung für die Wechselfälle des Lebens.

Wenn dir jemand zu nahe kommt, sagte ich.

Gute Tage, schlechte Tage.

Genau so, sagte sie.

*

Der Witz des vierten Tages war, dass wir in einem Ort namens Eureka landeten. Eureka wie Archimedes, wie *Wir haben es gefunden*, wie plötzliche Erkenntnis.

Es war reiner Zufall, dass es auf unserer Strecke lag, aber eben das war ja der Witz, wir waren einfach gefahren, und nach viereinhalb Stunden sahen wir das Schild und wussten, da müssen, da wollen wir hin.

Ora saß am Steuer, deshalb war ich es, der schaute, was bei *Wikipedia* stand: Kleinstadt mit 30 000 Einwohnern, 1850 gegründet, mit jetzt, im Juni, neun Sonnenstunden täglich.

An Unterkünften herrschte kein Mangel.

Die besten Kundenbewertungen hatte das *Carter House Inns* mitten in der Altstadt, warum nehmen wir nicht gleich das, was meinst du? Und Ora meinte, unbedingt, und zwei Stunden später waren wir da.

Alles war schön bunt in Eureka, man fühlte sich wie in einem Pippy-Langstrumpf-Film, es fehlte nur das Pferd auf der Veranda, wobei es tatsächlich eine Menge Veranden gab, dazu ein skandinavisch anmutendes Licht, das alles klar und freundlich konturierte.

Ora mochte Pippy Langstrumpf nicht; sie nannte es

albern, Mädchen dieses Görenideal vorzusetzen, einen faulen Trick, weil es doch regelmäßig völlig anders kam und haltlose Frechheiten einem nichts nützten.

Und jetzt brauche ich einen Drink, sagte sie. An der Hotelbar, meinte sie, Hotelbar sei doch jetzt genau das Richtige, eine Kleinigkeit essen und dazu einen Drink.

Wir waren ein bisschen fertig vom vielen Fahren, muss man sagen, aber auf die angenehme Art. Ich dachte an Lynn, und wie dankbar ich ihr war, für ihre Lügen, ihre Eskapaden, ohne die ich nie in diese schönen Sackgassen mit Ora geraten wäre.

Der Gin war großartig. Der zweite noch besser als der erste, noch klarer in seiner Botschaft. Das Zeug räumt ja schnell auf, die ganzen Päckchen und Pakete, die man so mit sich herumschleppt, auf irgendwelchen Wegen nach oben Richtung Gipfel, nur dass man mit dem Gin schwebte, ja fast flog, und so im Fliegen alles flatternde Möglichkeit war.

Na gut.

Am Ende waren wir beide ziemlich betrunken und es war sehr nett, mit Ora betrunken zu sein, erheitert oder wie immer man unseren Zustand nennen will.

In unserem Kaminzimmer im Nebenhaus prasselte ein Feuer, denn es war lausig kalt in Eureka. Unter den Decken war's immerhin erträglich, allerdings hatte Ora kalte Füße, was eine Reihe von Verpflichtungen nach sich zog, durch den Gin begrenzte Manöver, während nebenan das Feuer seinen Dienst tat und wir beide, glaube ich, schnell weg waren.

fünf

Eureka – Bodega Bay
(239 miles, 4 hours 17 mins)

Ich hatte kein Problem mit Sex, zumindest, was die materielle Basis betrifft: technische Voraussetzungen, Erfahrung mit den Abläufen, Ortskenntnisse, die Routinen, was macht man zu welchem Zeitpunkt in welchem Tempo, Varianten nicht ausgeschlossen oder sogar erwünscht.

Mein Problem lag, sagen wir, im Überbau; ich neigte in Sachen Sex zur Schwärmerei. Sex war für mich nicht nur Sex, er war für mich Kommunion, ein Moment der Erleuchtung, wenn Sie verstehen, der Gnade, möchte ich beinahe sagen, obwohl man sich später ja vor allem an das Drumherum erinnert, die *vibrations* vorher und nachher, die Umstände, Zimmer, Entkleidungsvorgänge, wobei der Beischlaf selbst so etwas wie das leere Zentrum ist.

Kurz: Beim Thema Sex war ich eher vorsichtig.

Lernte ich eine Frau kennen, versuchte ich erst mal schlau zu werden aus ihr, überprüfte ihre Tischmanieren, wie meine Therapeutin es genannt hatte, die häuslichen Verhältnisse, die Sache mit der Höhle, so es zutrifft, dass jeder seine Höhle hat, doch wahrscheinlich war ich bei Ora ja längst über dieses Stadium hinaus.

Sie gefiel mir, wenn das etwas sagt; ich schlug innerlich die Augen vor ihr nieder, so sehr gefiel sie mir.

Sie war mir *wichtig*, soweit ich nach der Lynn-Geschichte überhaupt noch wusste, was wichtig war; ich sperrte jeden Abend die Wohnungstür von innen ab, vielleicht gehörte das ja zu den Dingen, die wirklich wichtig für mich waren.

Okay, und dann taten wir es. Oder besser: Wir versuchten es, womit ja gesagt ist, dass wir nicht besonders weit kamen.

Das Feuer im Kamin war über Nacht ausgegangen, es war ungemütlich frisch, und so krochen wir auf irgendwelchen Wegen zusammen, wenngleich ich früh wusste, dass das keine gute Idee war, während Ora meinte: *Aber ja. Doch. Bitte, ja,* und vielleicht war dieses ihr *Bitte* ja das Beste.

Sie war wirklich reizend und probierte das eine oder andere aus, versuchte es mit Humor: was dem Burschen denn durch den Kopf gehe, geht ihm überhaupt etwas durch den Kopf, sie glaube ja eher nicht.

Na, komm, sagte sie, bitte gönn uns den Spaß, bring nicht alles durcheinander, was aber nichts half, vorübergehend ja, dann leider wieder nein, sodass wir es schließlich ließen.

Ora, das wusste ich zu schätzen, wirkte nicht sonderlich bestürzt, allenfalls verwirrt, als würde sie sich fragen, was es mit ihr zu tun hatte.

Dabei war ja klar, dass es vor allem mit mir zu tun hatte, wobei einiges zusammenkam, die Zirkulation des Blutes, falsche Gedanken, die Wirkung des Gins nicht zu vergessen, meine verlotterte Seele.

Bitte, nein, sagte sie. Sag, dass alles in Ordnung ist.

Und ich sagte: Alles okay.

Wir waren nicht gerade im Paradies gelandet, wahrscheinlich nicht mal in einem der neun Vorhöfe zum Paradies, aber es war okay.

Ich sah sie nackt zum Fenster gehen, ich sah ihren kleinen Apfelhintern, Berge und Täler, und es war okay.

Ein Witz, auch das, ich meine, von wegen *Wir haben es gefunden,* hier in diesem vermaledeiten Eureka.

War das etwa kein Witz?

Ora meinte, *nein.* Ein klitzekleines bisschen, *ja,* aber so würden wir uns später wenigstens daran erinnern.

Ich mochte das eben sehr, sagte sie.

Außerdem finde ich es nett, wenn ausnahmsweise der andere der Komplizierte ist und nicht ich. Aber so sonderlich kompliziert bist du, glaube ich, nicht.

Ich bin so kompliziert wie eine Aufbauanleitung von IKEA.

Echt? Dann bist du ziemlich kompliziert, sagte sie.

Wehe, du lässt einen Schritt aus.

Ja, wehe, wehe, wehe.

*

Anstatt zum Frühstücken gingen wir laufen.

Ora lief am liebsten, wenn sie Sex gehabt hatte, jedenfalls hatte sie das mal erwähnt oder behauptet, für sie war Laufen ein postkoitales Ritual, der Versuch der Rückkehr zu sich selbst, die Wiederherstellung der Grenze, die überschritten worden war.

Dabei glaubte sie nicht groß an Sex, zumindest nicht in dem Sinne, dass es einem dem anderen näher brachte, denn man konnte dem anderen nicht wirklich nahekommen.

Und wenn doch, wäre das nicht der reinste Horror?

Man produzierte jede Menge Gefühle, die dazugehörigen Hormone, man konnte, wenn es gut lief, ein paar Meter fliegen, ja schon, es war nett, es war aufregend, früher, als sie noch richtig jung gewesen sei, mein Gott, aber summa summarum war Sex eine Illusion.

Das war ihre Erfahrung. Nähe war eine Illusion, das gute Auskommen, ein gemeinsames Leben, falls man so blöd war, es ernsthaft damit zu versuchen, für ein paar Monate oder Jahre, in dem tapfer ignorierten Wissen, dass es einfach nicht möglich war.

Ich bin mir nicht sicher, was davon sie ernst meinte, denn eigentlich kann man über dergleichen ja nicht gut reden, so banal und unaussprechlich es nun mal ist, von so düsterer Leuchtkraft, und vielleicht mochte Ora ja einfach diese Art von Licht oder Dunkelheit nicht.

*

Wir mussten ein bisschen fahren, um laufen zu können, denn natürlich wollten wir ans Meer, aber Eureka lag nicht am Meer, es lag an einem Fluss, und dahinter gab es eine Landzunge, hinter der wiederum das Meer war.

Samoa Beach hieß unser Ziel, was imposanter klang als es war, aber bitte, wir liefen unter der Sonne Kaliforniens eine kaum befahrene Straße entlang, sie und ich, umhüllt vom Brausen des Pazifischen Ozeans.

Man merkte Ora nicht an, dass sie unregelmäßig lief. Ihr Körper wusste mit jeder Faser, was er zu tun hatte. Sie hatte einen schönen Schritt, überall war schwingende Bewegung, ihre Schenkel, die Hüften, Schultern, Arme – jeder noch so kleine Muskel schien zu sagen, das macht Spaß, *mehr, ich will mehr.*

Sie sah gelegentlich zu mir herüber, um zu prüfen, ob es auch für mich ein Spaß war, und wahrscheinlich wollte sie genau das: dass wir zusammen *Spaß* hatten – im *Spaßhaben* war Ora nämlich eine selbst ernannte Expertin. Das Leben war ein einziger Beschiss, aber das wenigstens hatte es zu bieten: Man konnte zusammen essen, man stieg zusammen ins Bett und betrank sich abends an der Hotelbar, und in ausgewählten Fällen lief man zusammen.

Auf dem Rückweg legte sie an Tempo zu. Sie versuchte, richtig von mir wegzuziehen, worauf ich mir sagte, okay, so in dem Ton *Na warte, das kannst du haben,* ließ ihr einen kleinen Vorsprung, den ich jederzeit kontrollierte, setzte zwei-, dreimal zum Überholen an, nur damit sie wusste, dass das möglich war, worauf sie das Tempo erneut erhöhte.

Es war uns beiden nicht richtig ernst, aber nun wurde es beinahe ein Wettkampf.

Ich ließ mich zwanzig, dreißig Meter zurückfallen und tat, als hätte ich Mühe, aufzuschließen, holte ein paar Meter auf und ließ mich neuerlich nach hinten fallen.

Sie drehte sich kein einziges Mal um.

Ich dachte: Ja, klar, im Weglaufen bist du wirklich unschlagbar, so auf eine amüsiert-ärgerliche Art, denn jetzt begann ich mich über sie zu ärgern, ihr gottverdammtes *Mal-so-mal-so*, dass sie immer in der Deckung blieb, mit Ausnahme von heute Morgen, aber scheiß auf heute Morgen, *du kannst mich mal, selten habe ich mich besser gefühlt als seit heute Morgen.*

Auf den letzten Metern überholte ich sie.

Es war nicht ganz ersichtlich, wie sie das fand, sie lachte, als wäre klar, dass ich schneller war, und vielleicht sollte das ja so sein.

Du hast mich reingelegt, sagte sie.

Ja, habe ich das?

Ich glaube, ich gehe nur noch mit dir joggen. Das macht Spaß zu zweit, sagte sie.

Sie war völlig aus der Puste, schwitzte, ächzte, wirkte aber ganz zufrieden.

Zu zweit ist manches einfach besser, meinte sie, später, im Hotel.

Das lerne ich gerade bei dir, auch Sex ist zu zweit besser, aber du wirst ja sehen.

Wir duschten, bekamen in letzter Minute ein Frühstück und packten.

Ora packte wie jemand, der sein halbes Leben unterwegs gewesen ist, mit zärtlicher Routine, die den Gegenständen galt, deren jeder seinen angestammten Platz besaß, die Wasch- und Schminkutensilien in der Mitte, die Stiefeletten aus Brighton links, das schwarze Plastikkleid aus Kopenhagen rechts.

Während des Frühstücks versuchten wir uns wie immer einen Überblick zu verschaffen: Wie weit waren wir gekommen, was lag vor uns? Das mit den Songs hatten wir ein wenig aus den Augen verloren, die zweite Station Winnetka war erst übermorgen, auf halber Strecke lag San José, also fahren wir nach San José.

Wir müssen los, mahnte sie.

Es war regelmäßig Ora, die zum Aufbruch mahnte. Vielleicht, weil es *ihr* Plan war oder weil auf Reisen andere Gesetze gelten, denn zu Hause besaß sie ein beträchtliches Verwirrungspotenzial, wechselte in letzter Minute das Lokal, irrte sich mit den Zeiten und schrieb dann hektische Nachrichten, rief mich an, während ich auf Parkplatzsuche war, und entschuldigte sich anschließend, dass sie so chaotisch war.

Heute fuhr zuerst sie.

Auf nach San José, sagte ich. Es ist heiß in San José.

Ja, heiß. Heiß ist gut.

Natürlich rauchte sie, schnippte *zum Spaß* die Asche aus dem offenen Fenster, malte sich aus, was da wohl so wäre in San José, Sommer, Licht und Meer.

Ich glaube, ich bin seit Wochen nicht so entspannt gewesen, sagte sie. Endlich fehlt mir mal nichts, wir fahren, du passt auf mich auf, denn das ist mein Eindruck von dir, dass du gut aufpasst auf andere.

Hier und jetzt, auf mich, sagte sie. Heute, morgen.

Wenn es nach mir geht, gern.

Das bist *du*, sagte sie. So wie ich dich sehe jedenfalls. Keine Ahnung, wo du das herhast, aber so bist du.

*

Es entstand eine lange, lange Pause.

Ich weiß nicht, wie es Ihnen mit Gesprächspausen geht, aber ich empfinde sie eher als unangenehm – wenn der andere sich aus dem Staub macht, wie ich dann unweigerlich denke, heimlich andere Leute trifft, Vertraute, denen er ungeschminkt die Wahrheit sagt, obwohl ich ja andererseits zu der Auffassung neige, dass Pausen von elementarer Bedeutung sind, die Lücken im Text, sagen wir mal, Geräusche zwischen den Zeilen, auf die man vielleicht am besten auf Reisen hören kann.

Dass es dabei zu Kollisionen mit anderen Stimmen kommt, scheint mir unvermeidlich, mit bösen, alten Stimmen, die ich, so gut es ging, ignorierte, von sehr fern die Stimme von Lynn, später die meiner Therapeutin, die natürlich genau wusste, was los war, die es *überhaupt nicht* mochte und jetzt kaskadenhaft auf mich einzureden begann, *Ora ist nicht die Richtige für dich, bitte komm zurück, ich bin doch alles, was du hast.*

Na ja, so ungefähr.

Ich sah zu Ora, die vor sich hin pfiff, während draußen die Landschaft neue Formen und Gestalten annahm und allmählich karger, ruppiger, sagen wir, kalifornischer wurde, jetzt, knapp zweihundert Kilometer vor San José.

War es wirklich möglich, dass alles so einfach war, wie es war?

Meine letzte Urlaubsreise lag eine Ewigkeit zurück, sieben, acht Jahre, mit Lynn.

Anfangs waren wir regelmäßig in die Berge zum Laufen oder nach Süditalien ans Meer gefahren, aber dann wurden die Reisen immer seltener. Irgendwie ergab es sich nicht. Wir hatten zu tun, wir hatten keine Zeit, obwohl auch andere Leute keine Zeit hatten und sich trotzdem auf den Weg machten, und als ich sie eines Tages darauf ansprach, meinte sie, sie habe keine Lust mehr, mit mir zu reisen, sie wisse gar nicht, was sie mit mir da anfangen solle.

Nun ja. Lynns Humor konnte schon speziell sein, aber so war sie eben, ich hatte kein Problem damit, die ersten Jahre zumindest, als ich noch nicht im *Zielgebiet* ihrer Unzufriedenheiten lag, in unserer hyperromantischen Epoche totaler Glückseligkeit, als ihr mein Körper noch ausreichend Unterhaltung bot.

Unterhaltung ist gut, sagte Ora.

Sie fand Sex ja selten unterhaltsam, so kompliziert wie in diesen Angelegenheiten alles war, kompliziert und wieder nicht, kam darauf an.

Kam es nicht immer darauf an?

Inzwischen hatten wir die Plätze getauscht, Ora machte die ersten Checks für San José, wenn sie ehrlich sei, habe sie nicht die geringste Lust auf San José.

Können wir nicht ans Meer?

Draußen wurde es halbstündlich um ein Grad wärmer, allmählich schienen wir uns in der Landschaft zu befinden, in der bei ungünstigen Windverhältnissen allerschrecklichste Waldbrände wüteten, Menschen innerhalb von Minuten ihr komplettes Hab und Gut verloren und die glücklich Geretteten vor laufender Kamera Gott und der Feuerwehr ihren Dank abstatteten.

War da nicht vor Jahren etwas im Fernsehen gewesen?

Wände aus Feuer. Helikopter, die aus riesigen Beuteln einen Klacks Wasser in die Flammenmeere warfen.

In dieser Landschaft, könnte sein, waren wir angelangt.

Ora begann die Karte zu studieren, natürlich im Netz, denn Ora liebte die Bewegung im Netz, Bilder, Informationen, dass man alles gleich hatte und schnell wegklicken konnte, das konnte man im echten Leben ja leider nicht.

Bodega Bay klang gut, fand sie. War das nicht die Bucht aus Hitchcocks *Die Vögel?*

Genau die war es.

The Fog – Nebel des Grauens wurde in der Bodega Bay gedreht und manches andere mehr; Ora las mir die einschlägigen Titel auf *Wikipedia* vor.

Die Hotels waren leider sündhaft teuer, also buchte sie irgendwas am Rand, weit ab vom Schuss, *live* am Telefon, in ihrem klaren, weichen Englisch, für das ich ihr als Hotelbesitzer jedes Zimmer zum halben Preis überlassen hätte.

Ihre Stimme war wirklich eine Zumutung.

Ich liebte ihre Stimme, wie sie sich freute, als es geklappt hatte, *bingo*, das hätten wir, und nun bring uns bitte zu Hitchcocks Vögeln.

*

Es war stark bewölkt, als wir Bodega Bay am späten Nachtmittag erreichten, nicht wirklich kühl, aber auch kein Wetter zum Baden, und Ora hatte ja gehofft, man könne baden.

Trotzdem war es himmlisch. Man hätte beten mögen, so himmlisch war es hier, im frühen Abendlicht die Bucht, die vage drohenden Felsen, am Horizont ein Schwarm Vögel, ja doch, aber natürlich kein Vergleich.

Wahrscheinlich haben sie gerade Drehpause, meinte Ora.

Was waren das gleich für Vögel gewesen?

Möwen, erklärte sie, Krähen, weiß und schwarz. Obwohl ein Großteil animierte Attrappen waren, echt und unecht durcheinander, und in den Studios machten sie anschließend diese drohenden Schwärme daraus.

Alles *fake*, sagte sie. Ich mag ja gefakte Sachen. Und ab und zu auch die echten.

Irgendwann begann es zu nieseln, was uns nicht davon abhielt, ein paar Kilometer Richtung Süden zu laufen, barfuß im Sand, anhaltend vergnügt, als hätten wir den Reisegöttern ein Schnippchen geschlagen, denn das war unser Gefühl, die Hitze würde schließlich noch früh genug kommen.

Wir fanden ein kleines Restaurant am Wasser, einen Tisch mit Blick auf die Bucht, über der ein dramatischer Himmel aufgespannt war, blau und orange, garniert mit einem Rest Vögel, die noch etwas zu erledigen hatten und erstaunlich viel Lärm veranstalteten.

Ora fand die Vögel super – böse, böse Tiere, die verdeckte Ödipuskomplexe zum Ausbruch brachten oder lösten, so genau wusste sie es nicht mehr.

Sie liebte Hitchcock, den ganzen Psychokram, der die Leute das Leben kostete, sie richtig in *Gefahr* brachte, nicht nur in diese läppischen Fallen, in die unsereins regelmäßig tappte.

Sie hatte weiterhin ziemlich gute Laune, beschwerte sich, dass es keine gegrillten Möwen gab, süßsaure Krähe mit Brokkoli oder was man sonst hätte erwarten können, aber der Laden war auf Meeresfrüchte spezialisiert, die sie nicht sonderlich schätzte.

Wir tranken Bier und zum Abschluss einen Grappa, Espresso lieber nicht, und jetzt waren wir doch ziemlich k. o.

Aber lustig war's, sagte Ora. So ein lustiger Tag.

Das Zimmer war wirklich äußerst bescheiden, doch man konnte auf dem Bett liegen und lesen; im selben Bett lesen konnten wir also schon.

Ora hatte auf meiner linken Seite im Schulterbereich eine kleine Mulde entdeckt und wirkte ganz zufrieden damit.

Etwas Italienisches las sie.

Ich hörte sie mehrfach neben mir lachen, aber irgendwann las sie gar nicht mehr, jetzt war sie nur noch in der Mulde.

Halb lag sie in ihrer Mulde, halb in meinem Arm.

So?, fragte sie.

Genau so, sagte ich.

sechs

Bodega Bay – Winnetka
(431 miles, 6 hours 33 mins)

Gegen zwei wurde ich plötzlich wach, ein bisschen überrascht, als wäre es neben Ora eigentlich nicht möglich, dennoch war ich hellwach.

Ich versuchte zu orten, wo genau sie war, mit dem Gesicht zur Wand oder näher bei mir, beschäftigte mich mit den Szenen gestern im Hotel, aber bereits jetzt, im Abstand eines knappen Tages, war alles ineinander verwoben und verklebt, man konnte die Einzelheiten nicht mehr auseinanderhalten.

Normalerweise stand ich sofort auf, wenn ich nachts nicht schlief, lief eine Weile herum, machte mir Tee, versuchte zu lesen, versuchte, es zu akzeptieren: Du bist wach, du hast keine üblen Gedanken, es ist niemand da, den du störst.

Lynn hatte meine Schlaflosigkeit gehasst, während ich sie inzwischen fast schätzte. Es entstand ein innerer Raum, in fast klösterlicher Stille, man konnte ungestört auf- und abgehen, einfache Gebete sprechen, man lernte zu warten.

Im Grunde war es der einzige Ort, zu dem niemand Zutritt hatte. Das mochte ich daran. Man war am nächsten Tag neben der Spur, aber was bedeutete das schon, Ora merkte es nicht mal, und im Grunde ging es sie ja auch nichts an.

Nach dem Frühstück fuhren wir noch einmal zum Strand.

Die Temperaturen waren weiterhin allenfalls frühlingshaft, man musste kurz die Luft anhalten, ehe man sich ins Wasser warf, aber danach war es eine Wohltat. Man wurde wach, man bewegte sich durch das ziemlich klare Wasser, Ora einige Meter vorneweg, denn sie war schnell, wobei sie abwechselnd kraulte und tauchte, zwischendurch eine Lage Delfin einlegte und weiterkraulte, ehe sie eine Weile auf dem Rücken lag und den Himmel über sich erforschte, das Verhältnis von Ich und All, was von beidem größer war.

Nicht zum ersten Mal fragte ich mich, was eigentlich zwischen uns galt, das sogenannte Jetzt, hier an diesem kalifornischen Strand, alles, was man filmen oder fotografieren hätte können, oder doch eher die Nachrichten, die wir uns geschickt hatten, das Geflüster, das große Schweigen, in dem sie regelmäßig verschwand, und tatsächlich war ja ihr Schweigen das Zuverlässigste an ihr, der unerschöpfliche Quell ihrer Weisheit und Wandelbarkeit.

Als sie sich in der späten Morgensonne die Haare trocken rubbelte, lächelte sie.

Ich sah, wie sie sich aus ihrem grünen Bikini schälte, ihren letztlich *unberührbaren* Körper, wie sie in ihre Shorts schlüpfte, die rote Bluse, die sie an diesem Morgen trug, ihre ausgelatschten Sandalen.

Das sind so die Sachen, die ich mag, sagte sie. Eigentlich müssten wir längst los, aber dann tun wir's einfach nicht.

Sie bedankte sich mit einem Kuss, in dem ein Hauch Salz und Wind zu schmecken war, eine Spur *Ich-kann-nichts-dafür-wenn-du-wer-weiß-was-aus-mir-machst, aber-bitte-hör-nicht-damit-auf.*

Wir packten unsere Koffer, blieben aber noch eine Weile auf dem Zimmer, redeten über das Meer, das Licht, plapperten vor uns hin, irgendwann über das Thema Nacht, schlafen oder nicht schlafen, was macht man, wenn man nachts nicht schlafen kann.

Ich finde ja, man kann den anderen wecken, wenn man nicht schlafen kann, meinte sie. Man kann ihn anfassen, man kann ein Schlaflied bei ihm bestellen oder was immer einem einfällt, wenn man nicht schläft.

Das nächste Mal bestellst du einfach. Kurzer Anruf genügt, sagte sie.

Ich soll dich anrufen mitten in der Nacht?

Ruf mich an, rüttle mich wach, egal.

Wir teilen uns die Betten, sagte sie. Schon gewusst? Ich bin da. Ich fluche, wenn man mich weckt, aber ich bin da.

Sie sagte das ohne großes Tamtam, als wäre es nur ein Job, etwas, das zu tun sie bereit war, ohne nach den Gründen zu fragen.

Wir müssen los, sagte sie.

Sie summte die erste Strophe unseres Songs, *I spent a week drinking the sunlight of Winnetka, California*, absichtsvoll schief und als wären die sechseinhalb Stunden bis dorthin ein Klacks, aber genau das war ihre Stimmung.

*

Nach zwei Stunden Fahrt sprach uns während einer Pause ein Pärchen an. Sie kamen nicht an unseren Tisch, obwohl sie mir da bereits auffielen, denn sie waren sehr jung, fast noch Kinder, beide angenehm anzusehen, das Mädchen schlank und hellhäutig nördlich, während er einen levantinischen Einschlag zu haben schien.

Auf dem Weg zum Wagen stellten sie sich uns in den Weg.

Ich dachte sofort an Geld, aber das Mädchen hatte offenbar anderes im Sinn. Ich verstand sie nicht gut, sah aber das Pappschild, das sie in der Hand hielt; L.A. stand auf dem Pappschild, ob wir zufällig Richtung L.A. führen.

Ora schaute mich fragend an, sie schien nicht abgeneigt zu sein, vielleicht war es ja an der Zeit, dass wir Kontakt zur einheimischen Bevölkerung aufnahmen, so zumindest verstand ich sie.

Okay, come with us.

Sie hatten einen mittelgroßen Rucksack mit, der aus Platzgründen mit auf der kaum vorhandenen Rückbank untergebracht werden musste, was sie weiter nicht störte.

Ich fuhr, Ora machte Konversation: Wetter, Vor- und Nachteile des Reisens, Tramp-Erfahrungen, eine kleine Vorstellungsrunde.

Evelyn und Dave.

Das Mädchen erinnerte mich an die junge Isabelle Huppert, anämisch, rothaarig, jemand, der in längeren Zyklen zu denken vermochte, während der Junge einen hibbeligen Eindruck machte, dunkles drahtiges Haar, der Typ Sarkozy, neben dem man keine ruhige Minute hatte.

Als Paar durchliefen sie augenscheinlich gerade keine gute Phase. Im Rückspiegel konnte ich sehen, wie er sie von Zeit zu Zeit anfasste und ihr das erkennbar nicht recht war, fast, als fände sie es peinlich, mit jemandem wie ihm in einem fremden Wagen zu sitzen; aber womöglich war sie auch nur genervt, weil sie ewig lange nicht mitgenommen worden waren. Ein Paar, so klärten sie uns auf, waren sie seit zwei Jahren, Studenten der Mathematik an der UCLA, getrennte Wohnungen.

Es gefiel mir, dass sie selbstverständlich annahmen, dass auch wir ein Paar seien; die Selbstverständlichkeit, mit der sie es annahmen, machte uns dazu.

Sonst interessierten sie sich nicht sonderlich für uns. Wir waren Touristen aus Europa, die ein Weilchen kalifornische Land- und Seeluft schnuppern wollten, was gab es da groß zu fragen.

Nach einer Weile kamen wir auf das Thema Politik, Clinton oder Trump, was da gerade ablief im Land. Evelyn war zähneknirschend für Clinton, während Dave sich vehement für das Prinzip Trump aussprach, den geistigen Bürgerkrieg, den er in Gang gebracht hatte. Die US-amerikanische Gesellschaft sei völlig geistlos, behauptete er, auch Trump sei völlig geistlos, aber er bringe die Verhältnisse wenigstens zum Tanzen.

Ich war mir bis zuletzt nicht sicher, ob er nicht scherzte. Er war für automatische Waffen und meterhohe Grenzzäune, mochte Brüllereien im Fernsehen, doch vor allem schien ihm zu gefallen, wie Evelyn sich über ihn aufregte. Ich beobachtete, wie sie ihn mehrfach am Arm zog und ihm etwas ins Ohr zischte, das Ora und ich nicht hören sollten, aber natürlich hörten wir es, *stop talking bullshit, Dave, I'll leave you, I warned you yesterday.*

Auweia, meinte Ora. Haben sie nicht gesagt, dass sie erst zwei Jahre zusammen sind?

Aber dann beruhigten sie sich, murmelten Entschuldigungen und kuschelten sich auf der Rückbank aneinander. Sie seien ein bisschen mit den Nerven runter, gaben sie zu, nannten sogar die Gründe, bevorstehende Prüfungen, die Krankheit von Evelyns Mutter, die in Norwegen lebte, denn Evelyns Mutter war Norwegerin und lag weit oben, wo das Öl war, im Sterben.

Draußen zog die kalifornische Landschaft vorbei. Die Farben änderten sich, ihre Verteilung, ihre Tiefe, es gab mehr und mehr Rot und Gelb. Bilder vom Erdbeben Mitte der Neunziger geisterten durch meinen Kopf; es war gut zwanzig Jahre her, in einer Zeit, dachte ich, als Dave und Evelyn noch Kleinkinder waren.

Bei der letzten Pause fragten sie, ob wir schon etwas zum Übernachten hätten. Ihr Angebot war, dass wir in einer ihrer Wohnungen schlafen könnten, sie lägen keine halbe Meile auseinander, in dem und dem Viertel, sie würden sich gerne revanchieren.

Offenbar hatten sie die Frage bereits besprochen, wobei die Wohnung von Evelyn aus irgendwelchen Gründen geeigneter schien, heller, größer.

Leider gab es ein kleines Problem.

Do you like cats?

Wie sich herausstellte, hatte Evelyn Katzen. Was die genaue Anzahl betraf, legte sie sich nicht fest. Zwei, drei, meinte sie, vielleicht auch vier, was so klang, als brächten die Stammbewohner regelmäßig Freunde und Bekannte mit ins Haus.

Ora war begeistert; sie liebte Katzen.

Jasper war dummerweise allergisch, sonst hätte sie längst mit einer Katze gelebt. Katzen waren sauber, sie waren anschmiegsam, aber eigentlich brauchten sie einen nicht; sie befriedigten ihre Bedürfnisse und ließen sich auf keinen emotionalen Handel ein.

Als Pubertierende hatte Ora eine Katze gehabt, und seither die Sehnsucht nach einer wie ihr.

Kurz: Sie wollte unbedingt zu den Katzen.

*

Es dunkelte, als wir Los Angeles erreichten. Wir sahen die schimmernde Skyline, aber wir kamen ihr nicht näher; wir bewegten uns am Rand, in einer Zone, deren Ausmaße unermesslich schienen.

Es war viel Verkehr, überall begann es zu leuchten, es

gab viel Grün und noch viel mehr dämmriges Grau, in einem von Menschenhand errichteten Meer aus Holz und Glas, die Häuser bis zu allen Horizonten über die vormalige Landschaft verteilt.

Da wir alle hungrig waren, gingen wir essen.

Unsere neuen Freunde kannten ein koreanisches Restaurant, das eigentlich mehr ein Imbiss war; wir bestellten Bier, während sich Dave um die Auswahl der Speisen kümmerte.

Ich dachte: Das also sind die ersten Menschen, die Ora und ich zusammen kennengelernt haben.

Es war seltsam, das zu denken, es war der pure Zufall, dass es Dave und Evelyn waren, dennoch bedeutete es etwas, sie selbst fingen an, mir etwas zu bedeuten.

Sie hätten unterschiedlicher nicht sein können, denn er kam aus der Stadt und sie aus der Wüste, außerdem war er Jude, während Evelyn ein behütetes Presbyterianer-Mädchen war.

Sie mochte keine Juden.

Sie mochte Dave, aber sie mochte nicht, dass er Jude war, sie bemühte sich, es zu mögen, kam aber nicht darüber hinweg, so unbegreiflich das auch war.

Sie war die Neugierigere von beiden und fragte irgendwann nach unserer Arbeit, Kinder ja oder nein, wie wir lebten. Sie nahm wie selbstverständlich an, dass wir eine gemeinsame Wohnung hatten, eine Vergangenheit, deshalb hatten wir ein wenig Mühe, es zu erklären, dass alles im Fluss war, *under construction*, wie Ora es nannte, eine Baustelle des Lebens.

Sie hielten uns für glückliche Menschen, wissen Sie?

Wie immer sie darauf kamen, aber das war der Eindruck, den wir auf sie machten.

Das Essen war fantastisch.

Alles war Meer, aus unterschiedlichen Schichten geborgene Lebewesen, Algen, undefinierbares Kraut, Schlingpflanzen, dazu diverse Meeresfrüchte, roher und gedünsteter Fisch, sogar der Reis und der Knoblauch schienen dem Meer entstiegen zu sein.

Ora hatte bereits koreanisch gegessen, aber nie so gut wie hier. Sie nahm mehrfach meine Hand, es gefiel ihr, dass wir zusammen hier saßen und plauderten, über die Sprache der Mathematik und die Sprache, die aus Wörtern bestand, Geräuschen und Melodien, die aus wer weiß welchen unterirdischen Quellen geschöpft wurden.

Gab es Schönheit in der Mathematik?

Ja, sagte Dave. Je besser die Formel, desto schöner ist sie.

Schönheit ist Klarheit, meinte er, aber es gab auch dunkle Stellen in der Mathematik, allerdings seien Evelyn und er sich in diesem Punkt nicht einig.

Ich glaube, er liebte sie wirklich sehr.

Er setzte Evelyn vor seiner Wohnung ab und brachte uns anschließend zu ihrer.

Nach zehn Minuten war er weg. Er zeigte uns das Futter, leerte die Box mit dem Katzenstreu, der Rest erkläre sich von selbst. Die Dusche war da, der Kaffee dort, die Handtücher, die Bettwäsche. Eine angebrochene Flasche Weißwein stand im Kühlschrank, *thank you and good night*.

Er wirkte bekümmert, als er sich verabschiedete, so auf eine ergeben sture Art, die alles sieht und in seiner Bedeutung ignoriert, meiner Haltung zu Lynn nicht unähnlich, damals, als sie an irgendeiner Kreuzung zum ersten Mal aus unserem Leben abbog.

*

Als wir alleine waren, zählten Ora und ich die Katzen.

Die Wohnung lag im Erdgeschoss, die Tiere konnten durch eine Klappe jederzeit raus und über die Terrasse in den Garten, aber jetzt waren sie komplett versammelt, mit Stand dreiundzwanzig Uhr ganze fünf, eine bunt gewürfelte Truppe, die es gewohnt war, reihum Party zu machen.

Die erste Katze, der sich Ora näherte, kratzte sofort; erst schnurrte, dann im nächsten Moment kratzte sie.

Na komm, versuchte Ora zu locken, während sie unentschlossen im Raum stand, denn Stühle gab es nur in der Küche und sonst nur das Bett und einen Sessel, auf dem sich Evelyns Kleider türmten.

Endlich entschied sie sich für das Bett.

Ich brachte zwei Gläser Wein aus der Küche und setzte mich zu ihr, und plötzlich war klar, dass das jetzt der Moment war.

Du magst sie nicht besonders, sagte sie.

Und ich: Na ja, Katzen.

Und wieder sie: Ich stell mal kurz das Glas ab, ja?

Ksst, ksst, machte sie und schob ein rot-weiß gestreiftes Junges von der Matratze.

Also hier, sagte sie.

Welcome to Cat City.

Es war mir ziemlich egal, was mit den Katzen war, die auch weiter nichts taten, aber natürlich da waren. Sie hatten Augen, sie sahen, wie wir es machten, von A bis Z, den kompletten Ablauf.

Alles in allem war es himmlisch.

Sagen die großen Philosophen nicht, dass alles Weg ist?

Weg klingt nach unbefestigtem Gelände, ein bisschen nach Gebirge, finde ich.

Unserer war nicht durchgehend markiert, es gab Passagen, in denen wir nicht weiterkamen und fluchend zurückmussten, ein paar Meter hangabwärts rutschten und kurz berieten, in welche Richtung es nun weitergehen sollte, wo es uns *vielversprechend* schien, wobei das Vielversprechende ja erst recht in die Irre führen kann.

Die Katzen hielten immer genügend Abstand, aber sie teilten den Raum mit uns, man hörte Schritte, ihr leises Tapsen, falls das keine Einbildung war, einmal ein Fauchen, aber nur sehr kurz.

Ora – wie soll ich sagen – war eine elegante Liebhaberin. Sie wusste, wie es ging, na klar, und machte sich weiter keine große Gedanken. Aber sie war aufmerksam, bereit, sich auf ihr Gegenüber einzustellen, auf eine gemäßigt romantische Art, wenn es das trifft, ebenso sachlich wie zärtlich.

An Lynn dachte ich keine Sekunde, denn Lynn war seit Langem tot. Auch die Götter waren tot. Jedenfalls ließen sie sich nicht blicken, und wahrscheinlich war es ja gut, dass sie sich nicht blicken ließen, denn so blieb es eine Angelegenheit zwischen Ora und mir.

Nun weißt du also Bescheid, sagte sie.

Ksch, ksch, machte sie, als würde sie es nun doch stören, dass da lauter Katzen waren; dauernd schlich eine ans Bett oder spazierte nahe an uns vorbei, wobei man nicht wusste, ob sie um Aufmerksamkeit bettelte oder sich zum aktuellen Geschehen äußerte.

Ora, das war das Beste, grinste.

Ich mochte, wie und dass sie grinste, der verdammten Katzen wegen oder weil das ihr höchstpersönlicher Ora-Kommentar war, denn letztlich gibt es danach ja regelmäßig einen Kommentar, eine verkappte Ansage, ob es weitergehen soll oder besser nicht.

Ora hatte, wie gesagt, nur gegrinst, aber jetzt musste sie noch etwas nachtragen, irgendein Aber, ich kannte ihre Abers ja.

Ich fürchte, du bist mir bereits viel zu wichtig geworden, sagte sie.

Ich habe nie gewollt, dass mir noch einmal jemand wichtig wird. Wenn dir jemand nicht so wichtig ist, ist es leichter. Für mich. Ich mag es lieber unkompliziert. Kompliziert bin ich nämlich selber.

Es war völlig okay, dass sie das sagte. Ich meine, es hörte sich wie eine hübsche kleine Lüge an, eine ihrer kunstvoll verdrehten Wahrheiten, die drei- oder vierfach in sich gespiegelt waren, lustige kleine Rätsel für Spezialisten in Beleuchtungsfragen, Nebel- und Zwielichtexperten, wie ich einer war.

Sonst noch was?

Nein, sonst ist alles wunderbar.

Was ich ganz wunderbar fand.

Ich holte aus der Küche den letzten Wein und schaute zu, wie sich Ora um die kleine Rote bemühte, mit Engelsgeduld auf sie einredete und nach einer kleinen Ewigkeit auf ihren Schoß bugsierte, wo sie sich immerhin streicheln ließ, zwischendurch Anstalten machte, wegzuspringen, sich aber jedes Mal fürs Bleiben entschied, die Augen schloss und wieder öffnete, Oras Hände, Finger im Blick behielt und nicht die geringste Regung zeigte.

Ich dachte, Katzen schnurren, sagte Ora. Scheint eine schwere Kindheit hinter sich zu haben, das Wesen.

Aber irgendwann schnurrte es.

Schnurren ist nicht das richtige Wort. Es war mehr ein Krächzen als ein Schnurren. Halskranke Tiger schnurrten womöglich so, aber doch nicht dieses wundersame Katzentier, das nun dauerhaft Platz auf Ora nahm und später die halbe Nacht zwischen ihren Füßen verbrachte.

Ora war, ich würde sagen, selig. Ich war selig, die Mehrzahl unserer Mitbewohner, die sich jetzt nach und nach sortierten und Ruhe gaben, offenbar auch keine weiteren Gäste mehr empfingen und sich ihren Katzengedanken überließen, falls jetzt Zeit für Gedanken war, dämmrig hedonistische Bilanzen, bei denen das meiste offenblieb, und in dieser Hinsicht waren sie mir ja beinahe schon wieder sympathisch.

sieben

Winnetka

Ora erwähnte die Nacht mit keinem Wort. Aber ihr Grinsen war noch da, am nächsten Morgen, als wir in einem Deli die Straße runter fürs Frühstück einkauften, denn vielleicht waren das ja jetzt die Sachen, auf die es ankam: dass man miteinander einkaufte, zusammen die Katzen fütterte, den Tisch deckte, von fremden Tellern aß, dem anderen etwas herüberreichte, in dem Wissen um die tektonische Verschiebung, den neuen Zustand, den man sich ervögelt hatte.

Bei mir dauert es, bis mich ein Gefühl erreicht, eine Freude, ein Schrecken. Ich erkenne, um was es sich der Tendenz nach handelt, die geballte Botschaft, sagen wir mal, etwas, was in mich eindringt und sich anschließend in die kleinsten Spalten und Ritzen verteilt, wobei ich eine Weile innerlich völlig stumm bin, bevor es einen ersten Widerhall gibt, den Versuch einer Antwort, und erst mit dieser Antwort werden Freude oder Schrecken zu meinem Gefühl.

Ich weiß nicht, inwieweit mir das gefällt, denn manchmal fühlt es sich wie eine Behinderung an, ein paralympischer Verzögerungseffekt, der verhindert, dass mir gewisse Dinge zu nahe kommen, als müsse ich sie erst prüfen, bevor ich sie leben kann, wobei man ja bekanntlich nicht alle Gefühle leben will, den Schrecken sowieso nicht und die Freude nicht immer.

Kurz: Es dauert bei mir, aber dann ist alles da, Abläufe und Bilder, die Bewegungen, die choreografische Summe, wenn man so sagen kann, das, woran man sich später erinnern wird.

Das postkoitale Glück ist ja nicht sonderlich kompliziert, denn eigentlich sagt man ja nur *Wow, wie himmlisch war das denn, so erhebend, unglaublich, superschön, bitte mehr davon!*

So in etwa redete es in mir, begleitet von allen möglichen phallischen Selbstermächtigungen, einer unschuldigen Freude über meinen Schwanz, sein Vermögen, sie und mich, na, sagen wir, zu unterhalten.

Wir waren verdammt spät aufgewacht, lange nach neun. Ora, das mochte ich, war einfach liegen geblieben und hatte mir zugesehen, wie ich Kaffee machte, nackt und bloß wie ich war, das *Objekt*, das ich für sie doch zweifellos auch war, und es gefiel mir, dass ich das war, etwas, das man anfassen und gebrauchen konnte, ganz wie es einem gefiel, in bestimmten Grenzen, die man einhielt oder überschritt.

Da keine Milch im Kühlschrank gewesen war, hatten wir uns mit Nescafé und ein paar Keksen aus der Dose begnügt, aber jetzt, nach unserem Einkauf, gab es alles, was das Herz begehrte, Eier mit Speck, Milch und Cornflakes, italienischen Espresso.

Evelyn schien keine große Köchin zu sein, sie besaß vor allem Frühstücksgeschirr, bunt zusammengewürfelte Tassen, Teller, diverse Schlaf- und Beruhigungstees, dazu im Bad die passenden Tabletten, Ora hatte sie sich genauer angesehen.

Oh weh, da hat es jemand nicht leicht, sagte sie. Aber hat es irgendjemand leicht?

Sie trug ein neues Kleid, blau und grün, irgendwie finnisch, dachte ich, mit dem rotweiß gestreiften Kätzchen auf dem Schoß; das Kätzchen und sie mochten sich.

Alles okay bei dir?

Und sie: Oh ja, alles okay. Sehr okay. Und bei dir?

Ich fühlte mich göttlich, um ehrlich zu sein, in einer Mischung aus stark und schwach, was bedeutete, dass ich mich zum ersten Mal nicht sonderlich um sie bemühte, sondern mir die Freiheit nahm, sie zu betrachten wie eine Tatsache, fast, als ginge sie mich nichts an, oder besser: als ginge nur ich mich etwas an.

Es überraschte mich, dass es das bedeutete, aber es gefiel mir, so ohne sie in ihrer Nähe zu sein, mit einem zweihundert Jahre alten Löffel die Eier aus der Pfanne zu kratzen und Ora zu Tisch zu bitten, zusammen mit dem Kätzchen, das schon wieder nicht schnurrte.

Es gefiel mir, dass wir gemeinsam spülten und abtrockneten, den ganzen Kram erledigten, lüfteten, die Betten abzogen, denn bleiben wollten wir beide nicht.

Ich möchte, dass wir ein neues Quartier suchen, sagte ich. Wenn ich ehrlich bin, möchte ich heute gar nichts.

Es war unser zweiter freier Tag. Seit Olympia waren wir pausenlos unterwegs gewesen, ich wollte ins Bett, in irgendein Zimmer, wobei mir völlig gleichgültig war, wie es dort aussah.

Ja, das klingt gut, sagte Ora. Machen wir das doch. Fahren wir los und suchen uns ein Zimmer.

Es dauerte eine Weile, bis sie sich von den Katzen verabschiedet hatte, von denen zwei schon weg waren, eine drüben auf der Nachbarterrasse in der Morgensonne döste, falls es nicht eine andere Katze war.

Du bist der verrückteste Mensch, den ich je getroffen habe, sagte sie. Deine Verrücktheit ist deine Aufrichtigkeit, sofern du wirklich aufrichtig bist.

Ja, ist das so?

Ich kann immer noch springen, dachte ich, in einem kurzen Moment der Wut auf Lynn, auf die Götter, die sie mir geschickt hatten, auf mich, der ich ihnen vertraut hatte.

Ich wusste, dass ich dergleichen nie tun würde. Aber es blieb eine Option, etwas, das ich jederzeit sehen und immer wieder verwerfen konnte.

Vielleicht war das ja meine Krankheit, dass ich unablässig alles *sah*, versteckte Details und gegenläufige Botschaften, hier und jetzt auf Evelyns Terrasse, wie Ora rauchte und mit dem rechten Fuß wippte, sehr *cool* und das absolute Gegenteil von *cool*, erwartungslos gespannt, in einem Zustand munter blauäugiger Ich-weiß-nicht-was.

Habe ich erwähnt, dass sie blaue Augen hatte? Ihre Größe, ungefähres Gewicht, die Beschaffenheit ihres

Haars, in einem zwischen Bronze und Kupfer changierenden Ton? All das?

Wir müssen den Katzen zu trinken geben, sagte sie.

Und dann los.

Es versprach, ein warmer Tag zu werden. Die Sonne stand bereits ziemlich hoch, wir mussten Evelyn eine Nachricht hinterlassen, die letzten Spuren verwischen, Krümel, Flecken, Empfindungen, die wir teilweise mitnähmen und teilweise nicht.

*

Winnetka, auf das wir wenigstens ein Auge werfen wollten, war noch nicht mal ein Kaff. Es hatte einen eigenen Namen, was den Gedanken nahelegte, dass es existierte, aber im Grunde existierte es nicht. Es war nur irgendein Teil von Los Angeles, der uns normalerweise nicht interessiert hätte; nur weil er in diesem Song vorkam, fuhren wir jetzt dahin.

Where they understand the weight of human hearts.

Wir hätten natürlich auch in das richtige Los Angeles fahren können, nach Hollywood oder Long Beach, aber der Plan war, dass wir dieses komische Winnetka besuchten, unter Berücksichtigung der zitternd kleinen Möglichkeit, die zwischen uns entstanden war.

With the fear that it eventually departs.

Gegen eins waren wir da.

Ora hatte zum x-ten Mal den Song gespielt, während draußen weiterhin alles Rand blieb, wabernde, gefräßige Architektur, die ein Hütten- und Flüchtlingsdorf ohne Anfang und Ende produzierte, überfüllt und leer zugleich.

Natürlich hatte das auch was, der dreiste Optimismus, der da am Werke war, die unter den polierten Oberflächen hervorschimmernde Kaputtheit, *welcome to L.A.*

Hätte Ora nicht das Schild entdeckt, wären wir durch Winnetka glatt durchgefahren, aber jetzt waren wir tatsächlich da. Es gab den letzten blühenden Rhododendron zu sehen, hohe, wuschelige Palmen, riesige Kreuzungen, Tankstellen, das eine oder andere Viktorianische oder was so tat, als wäre es das, im steilen Mittagslicht, in dem kaum Schatten war.

Auf der Suche nach einem Hotel versuchten wir zu verstehen, was den Ort ausmachte, warum er in unserem Song gelandet war, aber offenbar handelte es sich um ein idiosynkratisches Detail, das für Außenstehende nicht zu entschlüsseln war.

Winnetka, der Überall-und-nirgends-Ort.

Hotels gab es in Hülle und Fülle.

Wir versuchten es beim *Best Western Canoga Park Motor Inn*, und tatsächlich war es dort okay. Wir erwischten ein Zimmer in Zitronengelb, das von einem absurden Bett-Thron dominiert wurde; es gab einen kleinen Balkon mit Blick auf den Pool, in dem wir später kurz schwammen, und mehr brauchten wir für heute nicht.

Wir ließen alles offen: die Essensfrage, die Spaziergehfrage, ob wir später joggen würden oder am Pool liegen oder was immer.

Alles war offen.

Wir konnten miteinander schlafen und taten das auch, redeten, spielten das *Ich-wünsch-mir-was*-Spiel.

Ora musste nicht lange überlegen: Sie wollte reich sein. Sie wollte eine richtige Familie. Sie wollte nicht sterben.

Möchtest *du* sterben?

Ich sagte: Ja.

Nein, nicht wirklich. Niemand möchte sterben.

Sie hatte einen kompakten, kräftigen Körper und spazierte mehrfach nackt durchs Zimmer, bevor sie zurück ins Bett schlüpfte und mir das Gefühl gab, mit allem einverstanden zu sein.

Ich bin ganz gewöhnlich, sagte sie.

Ja, ja, na klar.

Würde ich je mehr als dieses Fitzelchen Ora bekommen, das sie mir schenkte, wenn sie sich zu mir herüberbeugte?

Ich fragte mich zum hundertsten Mal, was ich eigentlich von ihr wollte.

Ich wollte die Spülmaschine mit ihr ausräumen und ihr abends zusehen, wie sie sich das Make-up aus den Falten wischte; ich wollte ihr morgens den Kaffee ans Bett bringen; ich wollte für sie beten.

Warum um Himmels willen willst du sterben, da doch niemand sonst sterben will?

Es war bescheuert, über solche Fragen nachzudenken, es gab keine Antworten darauf.

Weil ich dich anders nicht mehr loswerde, war eine Antwort.

Weil es nicht dauern würde, egal, wie lange es dauerte.

Ich sagte ihr, wie fehlerhaft ich sie fand, da und da und da, denn die Bedingung der Schönheit war, dass es Fehler gab, verzogene Linien, die Falten, Furchen, ein paar Flecken, die kleine Narbe über ihrer rechten Augenbraue.

Ora fand sich selbst nicht schön, in guten Momenten allenfalls, gegen Mittag, und am Abend eher als am Morgen, wo sie gar nicht erst in den Spiegel schaute.

Sie war schön, weil sie sterblich war.

Ja, das, sagte sie.

Aber eigentlich wollte sie davon nichts wissen. Sie wusste auch wirklich nichts davon, allerdings würde sie es eines Tages wissen; wenn sie eines Tages nicht mehr schön wäre, würde ein neues Leben für sie beginnen.

*

Lange nach sechs zog ich los und kaufte für das Abendessen ein: zwei Flaschen Chardonnay aus der Gegend, geräucherten Lachs, Salami-Snacks, Oliven, dazu eine kleine Kollektion Käse, ein undefinierbares Etwas von Brot.

Ora, stellte sich heraus, war keine Bettesserin, aber heute, mit mir, unter diesen Umständen, zu den heutigen Umständen passte es.

Ich mag Sachen, die ich noch nie gemacht habe, sagte sie und packte alles schnell aus, studierte die Verpackung, das, was die Waren anpries und zugleich verhüllte, machte sich einen Reim auf sie, wog und prüfte, nickte, fasste alles an.

Ora liebte Dinge; sie war in allerengstem Kontakt

mit ihnen. Dinge waren zu echter Freundschaft fähig. Sie suchten ihre Nähe, ohne aufdringlich zu sein, waren auf diskrete Weise anhänglich: ihr Schmuck, ihr Handy natürlich, die Schuhe, die sie in einer unendlich fürsorglichen Bewegung von den Füßen streifen konnte und dann verfolgte, wie sie zu Boden fielen.

Sie war eine Handwerkerin, das mochte ich. Ihre selbstgewisse Art, mit Gegenständen zu hantieren, hatte etwas Handwerkliches: wie sie ihre Kontaktlinsen herausnahm oder eine Shampooflasche öffnete; wie sie sich unter der Dusche einseifte, wie sie Wein in ein Glas goss.

Sie holte zwei Zahnputzbecher aus dem Bad und goss uns Wein ein.

Auf uns, sagte sie. Auf unsere Reise.

Wir stießen an.

Ich wusste, dass man gut mit dir reisen kann, sagte sie. Ich wusste es in dem Moment, als du mich gefragt hast.

Es war ein Vergnügen, essend mit ihr im Bett zu liegen. Wir kleckerten, wir krümelten, aber es war uns völlig egal.

Wir machten den Fernseher an, um ein bisschen Trump zu schauen; wir lachten über Trump und fanden ihn nicht im Geringsten lustig, während wir uns langsam durch unsere Vorräte arbeiteten.

Der Wein war so lala, aber egal.

Wir stießen mehrmals an, in einer neuen Ausgelassenheit, als wären wir vorübergehend unverwundbar und als könnte es immer so weitergehen.

Im Pool waren wir nur kurz.

Wir redeten und hörten auf zu reden, gingen unseren Interessen aneinander nach.

Manches klappte bereits ganz gut, doch das meiste war weites unberührtes Land. Man konnte ewig weit gehen und traf auf immer neue Plattformen, wo es fantastische Aussichten gab, etwas, das einen davon abhielt, sofort weiterzueilen, und dabei hatte ich vermutet, Ora neige in diesen Angelegenheiten zur Eile.

Ich dachte kurz an die anderen Männer, was Wiederholung für sie war, was nicht, was für mich eine Wiederholung war.

Vergiss es, sagte sie. Und du?

Wir hatten es bereits an allen möglichen Orten gemacht, stellte sich heraus, sie oder ich oder wir beide, in Duschen, Badewannen, Pkws, und nein, in einem Lift noch nie, in einem halb abgeernteten Maisfeld einmal, auf einem wackligen Hochstand, na ja; dazu in Betten aller Art, auf dem Boden vor diesen Betten, in der Küche auf dem Boden, Keller und Dachböden nicht zu vergessen (das war Ora), auf einer Klassenfahrt mit siebzehn, hinten auf der letzten Sitzbank (wieder Ora).

Mindestens die Hälfte habe ich erfunden, sagte sie.

Ja, klar, sagte ich.

Und sie: In einem Maisfeld stelle ich es mir ja eher unbequem vor. Wird man da nicht dauernd gepikst?

Sie hasste es, wenn etwas sie pikste, und war im Zweifelsfall fürs Bett.

Ist dir übrigens aufgefallen, dass ich ganz klassisch bin?

Klassisch, echt?

Ich mag es gerne ordentlich, behauptete sie, das Gekrümel heute ausgenommen.

Inzwischen waren wir bei der zweiten Flasche Chardonnay angelangt, Ora wollte unter die Dusche, aber dann doch nicht, später eventuell, wenn sie ihren Wein ausgetrunken hatte, falls sie sich jemals wieder aus diesem Bett herausarbeiten konnte, keine Ahnung, ob und wann.

Ich wollte nur, dass es nicht aufhörte. Verstehen Sie?

Wir könnten einfach weiterfahren, dachte ich, die Küste entlang bis nach Mexiko und runter bis Panama und nach Chile und immer so weiter bis an die Spitze von Feuerland.

Aber, aber.

Es gab Jasper, klar, es gab jede Menge Aufträge, die sie mit ihrer fliegenbeindünnen Schrift in eine hundert Jahre alte Kladde eintrug, ihre Freundinnen, im Süden ihre Eltern.

Man konnte doch nicht einfach so tun, als wäre auf der anderen Seite des Ozeans nichts.

Ich könnte ewig so mit dir unterwegs sein, sagte ich, was sie offenkundig freute.

Wenn man sich näher kannte, wurde es eigentlich nur besser. Oder etwa nicht?

Das gab sie zu.

Aber eine Reise ist nicht das Leben, meinte sie.

Na klar, sagte ich.

Ich bin ein schrecklicher Mensch im Alltag.

Ich weiß, sagte ich. Ich mag schreckliche Menschen.

Ich sagte ihr, dass ich gerne mit ihr tanzen würde.

Morgen in San Diego gehen wir tanzen.

Ja, sagte sie.

Sie war wirklich kein Fitzelchen zuvorkommend, aber sie stimmte sofort zu; ich machte die Ansage, und sie ließ sich darauf ein.

Sie begann auf mich zu hören, dachte ich. Dabei hatte Ora wahrscheinlich von Anfang an auf mich gehört, denn einmal, als ich ihr sagte, dass ich nie wisse, an was sie sich erinnere, hatte sie ohne Zögern geantwortet: Alles.

acht

Winnetka – San Diego
(148 Miles, 2 hours 33 mins)

In San Diego tanzten wir, spätabends in einer Bar zu einer undefinierbaren Loungemusik, mal *cheek to cheek*, mal frei, auf einer winzigen Tanzfläche, wo wir fast ein wenig Furore machten, nicht unserer Tanzkünste wegen, sondern weil wir gute Laune verbreiteten.

Wir waren seit dem frühen Nachmittag da, waren lange durch die Stadt spaziert, hatten ein Zimmer mit Blick auf den Ozean, es lagen drei Stunden Fahrt hinter uns, und jetzt, zwölf Stunden später, tanzten wir.

Die Musik war nicht mein Fall. Es war schwer zu entschlüsseln, was man genau hörte, der Keyboarder rührte alles kräftig durcheinander, doch von der Tendenz her waren es die klassischen Standards, die er zitierte und zugleich auf subtilste Weise durch den Kakao zog; aus der Ferne meinte man einen Cha-Cha-Cha zu hören, es gab Rumbaanklänge, einen Tangoverschnitt, einen langsamen Walzer mit Saxofon.

Ora tanzte, wie sie küsste. Mit beherrschter Nachgiebigkeit, bin ich geneigt zu sagen. Jede ihrer Bewegungen war weich und bis zu einem gewissen Grad gefügig, aber eben nur bis zu einem gewissen Grad. Sie ließ sich gut führen, jedoch nicht, weil sie sich wirklich überließ, sondern weil das ihre Idee vom Tanzen war.

Der Unterschied war marginal, doch ich konnte ihn spüren. Es blieb ein Rest Vorbehalt, ein Rest Komödie, als würde sie innerlich darauf bestehen, dass der Abend auch schiefgehen konnte; sie konnte sich jederzeit kopfschüttelnd aus meinen Armen lösen und ohne Erklärung nach oben gehen.

Aber es ging nichts schief; es war, im Gegenteil, ein großer Spaß.

Meine wunderschöne Ora hatte das Kopenhagener Plastikkleid aus ihrem Koffer gezogen, sie war die Attraktion des Abends; am Schluss gab es Applaus für sie, und natürlich würden wir morgen wiederkommen.

Was für ein grandioser Tag, sagte Ora, während sie oben im Zimmer einen letzten Blick aus dem Fenster warf, morgens um halb drei im fünfzehnten Stock des *Manchester Grand Hyatt*, zwei Nächte für zweihundertzwanzig Dollar.

Hier ist es beinahe so gut wie in Chicago, sagte sie, denn Chicago war eine ihrer Lieblingsstädte, in Chicago hatte sie als Austauschschülerin ihr erstes Kleid genäht, es versucht, die ersten tapsigen Schritte. Allerdings sei es reichlich windig in Chicago und im Winter bitterkalt. Deshalb sei sie ab sofort für San Diego.

The birthplace of the summer, summte sie.

Na gut, wahrscheinlich geht einem das Wetter hier auch irgendwann auf die Nerven.
Aber so lange würden wir nicht bleiben.
Ja, schade, sagte sie.

*

Tatsächlich war San Diego unsere erste Stadt. Ora wollte so viel wie möglich sehen, richtig wie eine Touristin, obwohl wir streng genommen ja keine Touristen waren, wir waren – sie wusste nicht, was wir waren. Zwei Desperados? Zwei Forschungsreisende? Zwei Königskinder?

Das *Manchester Grand Hyatt* lag relativ zentral, man konnte praktisch alles zu Fuß machen; wir checkten ein und gingen los.

San Diego war eine Stadt mit Platz. Es gab nicht allzu viel Verkehr, aber wir waren kurz vor der mexikanischen Grenze, also war es heiß.

Das Gaslamp Quarter wurde als das *historic heart* von San Diego angepriesen, worüber wir als Europäer ansatzweise lächelten, aber es war angenehm, dort ein wenig herumzuschlendern und in einem schattigen Café selbst gemachtes Lemonsoda zu trinken.

Es fiel mir auf, dass Ora und ich uns jetzt dauernd antatschten und angrinsten, so auf eine verstohlen geschwisterliche Art, wobei es der Begriff geschwisterlich nicht trifft. Aber es gab ein neues Möglichkeitsgefühl, für eine Hohepriesterin der Ambivalenz war Ora ja schon erstaunlich weit gegangen.

Im Grunde waren wir uns gar nicht so unähnlich. Ich sagte Ja und hatte ein verstecktes Nein, während sie offiziell Nein sagte und im Verborgenen prüfte, wie weit ihr Ja ging.

Waren wir nicht wie füreinander gemacht? Wir waren Tag und Nacht zusammen, teilten Tisch und Bett, und womöglich bedeutete das ja was. Die Grenzen waren überschreitbar, bedeutete es. Es gab ein klares Moment der Entspannung und zugleich eine neue Unruhe, in Gebirgskategorien der Zustand, sagen wir, auf der Mittelstation: Man ist nicht mehr ganz unten, aber noch längst nicht da, wo man hinwill.

In diesem Gefühl, diesem neuen Stil, bewegten wir uns. Dauernd entdeckte Ora etwas, in einer Auslage ein sündhaft teures Kleid von *Maje,* in einem Antiquitätenladen eine hundert Jahre alte Puppe, die sie im letzten Moment nicht kaufte.

Zwischendurch aßen wir die ersten Burritos, tranken ein schnelles Bier, bevor wir weiter nach Downtown zogen.

Ganz so imposant wie in Chicago, fand Ora, war die Architektur hier natürlich nicht. Trotzdem hatten wir gut zu tun, blieben an allen möglichen Kleinigkeiten hängen, indianischen Gesichtern, einem Stück gleißenden Himmel, Hunden, Katzen, Vögeln, was die Spezialität von Ora war. Überall entdeckte sie Tiere, die sie auch fotografierte, eine gelangweilte Palastkatze auf dem Fenstersims einer Filiale der Irgendwas-Bank, zwei balgende Hunde in einem vermüllten Hinterhof.

Seit wir in San Diego waren, fotografierte Ora ununterbrochen, schickte auch ein paar Bilder weg, an Jasper, unbekannte Freundinnen; sie sagte mir nicht, an wen.

Wenn sie sich mit ihrem Handy beschäftigte, war sie weiterhin kaum ansprechbar, aber dann versuchte ich mir zu sagen, na gut, ihr Leben ist nicht nur hier, sie hat auch ein Leben zwei Ozeane weiter. Auch ich hatte ein Leben dort, das, was davon übrig geblieben war, wahrscheinlich war es gut, wenn man sich ab und zu daran erinnerte.

Okay, sagte sie. Entschuldige.

Manchmal setzte sie sich mitten im Satz hin, auf ein Stück Mauer, eine Bank, so es eine Bank gab, und machte sich an die Verschickungsarbeit.

Sie nannte es selbst einen Tick, eine Art Zwang, womit sie zugab, dass es nicht half.

Manchmal glaube ich, es gibt mich gar nicht, sagte sie.

Ich schicke Fotos, also beweise ich mir, dass es mich gegeben hat.

Jetzt gingen wir Hand in Hand, runter zum Hafen, wo die MSS Midway ankerte und weiter südlich ein Meer von Segelbooten. Es lag ein Schleier des Unwirklichen über allem, vor uns die kühn geschwungene *Coronado Bay Bridge*, von der man gut hätte springen können, spätnachmittags um fünf.

Ora schmiegte sich an mich und sagte lange nichts. Ich horchte in mich hinein, in das Schweigen, das uns umgab, was es bedeutete, ob es uns verband oder eher trennte oder einfach nur ein Schweigen war, der Zustand, nach dem ich mich mit Abstand am meisten sehnte.

Noch ein Bier?, fragte sie, und ich dachte: Okay, ein Bier, trinken wir ein weiteres Bier.

Ich dachte: Im Grunde kennst du sie nicht. Du wirst sie auch auf dieser Reise nicht kennenlernen, und wenn, dann nur als Reisende, danach kennst du sie genauso wenig wie zuvor.

War das, weil sie eine Frau war oder weil sie Ora war?

Schon als Kind hatten mich Frauen und Mädchen stark beschäftigt. Ich hatte mich gefragt, wie es wohl war, eines dieser anderen Wesen zu sein, und wenn ich ehrlich bin, frage ich mich das bis heute.

Sie verbargen etwas, und dieses Etwas hatte mit ihrem Geschlecht zu tun, ihrer Häuslichkeit, wenn es das trifft; der Tatsache, dass sie es waren, die andere Leute einließen, dass sie bewohnt wurden und deshalb natürlich abwägen mussten, von wem und wem nicht.

Wahrscheinlich war das Blödsinn, nicht zu Ende gedachtes Zeug, das ich irgendwo gelesen hatte.

Trotzdem hätte ich gerne gewusst, wie es sich anfühlte, bewohnt zu werden.

Ich fragte sie danach.

So wie ich es mir vorstellte, handelte es sich um einen paradoxen Vorgang, bei dem einem etwas geschah und zu einer Form von Ohnmacht verurteilte, während es gleichzeitig die Erfahrung absoluter Macht war, die Macht, jemanden hereinzubitten, während die vielen anderen draußen bleiben mussten; nur dich, den einen, lasse ich ein.

Ja, ja, klar, na ja, sagte sie.

Männer waren Herbergslose. Sie streiften umher,

um irgendwo Unterschlupf zu finden, während Frauen immer schon da waren und argwöhnisch Fenster und Türen ihrer Häuser bewachten.

War es das?

Ora meinte: Na ja. Kann sein.

Solche Sachen denkst du?

Im Seaport Village tranken wir unser zweites Bier, aber da war sie schon wieder weg. Sie hörte schlecht zu, rief sich zwischendurch halbherzig zur Ordnung, entschuldigte sich, als wäre sie kurz weggenickt oder mit einem am Horizont auftauchenden *Biest* beschäftigt, einem von vielen oder dem einen, sie hatte nie herausgefunden, wie viele es waren.

Vielleicht musste ich das ja mal aufschreiben, dachte ich.

Eines Tages, *wenn es vorbei war*.

Es war seltsam, das zu denken, in gewissem Sinne schockierend, denn es bedeutete, dass auch ich nicht *glaubte*, sondern voller egoistischer Zweifel war.

Sie nippte an ihrem Bier und fragte, warum ich so ein komisches Gesicht machte.

Ich dachte: Manchmal also sieht sie da draußen etwas, manchmal schaut sie nicht nur in den Spiegel. Denn natürlich war ich ein Spiegel für sie, wir alle waren einander Spiegel, aber ab und zu sollte man eben bemerken, dass der andere ein anderer war.

Sie sah mich an, mit einem beinahe fürsorglichen Blick, bohrend und – ich weiß nicht – vergebend.

Der letzte Urlaub mit Lynn? Lustige Erinnerungen an Hotels und Strände?

Ich schüttelte den Kopf und fragte: Lynn? Aber nein.

Ich verstehe so vieles nicht, sagte ich. Dich am allerwenigsten. Ich versuche es. Manchmal verstehe ich etwas.

Ora: Ich verstehe mich selbst überhaupt nicht. Null und niente.

Ich weiß.

Und sie: Es geht hin und her; einerseits, andererseits. Ein Leben mit Tabletten, ein Leben ohne. Ein Mann, ja – nein. Das zweite Kind. Die unberechenbaren Ausschläge auf meinem Bankkonto.

Ich wäre so gerne lustig, sagte sie. Bin ich aber nicht.

Quatsch.

Du bist lustig.

Ich geh mal zahlen, sagte ich. Schließlich sind wir nicht zu unserem Vergnügen hier. Nicht, dass ich wüsste zumindest.

Nein, sagte sie.

Aber jetzt lächelte sie.

Ja, zahl, und dann an die Arbeit.

*

Auf den Websites für Touristen stand, dass man unbedingt zu den Sunset Cliffs musste, am besten kurz nach Sonnenuntergang, wenn der Mond aufging oder bereits aufgegangen war: *the ocean dance under the moon*.

Der Leihwagen stand in der Tiefgarage, deshalb nahmen wir ein Car to go und fuhren hin.

Ein Rest Sonne war da, ein bleiches Sichelchen Mond; sonderlich spektakulär war die Sache nicht. Man sah ein paar Surfer, die der Musik der Beach Boys huldigten, ein Brautpaar im letzten Abendlicht, natürlich die Klippen, die in allen Variationen von erst Gelb und später Orange und Rot leuchteten, zuletzt in einem steinernen Violett.

Es gab verschieden lange Routen, die man gehen konnte, das meiste oberhalb der Klippen, sodass man abwechselnd in die Tiefe oder ins Weite schaute, aber es gab auch Stellen, wo man bis ans Wasser kam, über halb legale Pfade durchs Gestein.

Ich mochte, wenn sie sich beim Klettern an mir festhielt, wie sie ihre Schuhe auszog und im Wasser stehend Mond und Ozean anbetete, die nach und nach schwächer beleuchteten Wolken, die sich wie eine Karawane quer über den Himmel gelegt hatten, hier, im besten aller US-Staaten, Kalifornien, im Land der unbegrenzten Unmöglichkeiten.

Ein Ort für Romantiker, sagte ich.

Habe ich dich je gefragt, ob du romantisch bist?

Ich bin so romantisch wie eine Tiefkühlpizza, sagte sie.

Ich fand Tiefkühlpizza ja okay.

Dr. Oetker meets IKEA Deutschland, sagte sie. Findest du, das passt?

Irgendwo hier hatte Billy Wilder vor hundert Jahren *Manche mögen's heiß* gedreht.

Und was war da eigentlich drüben auf der anderen Seite?

Auf der anderen Seite des Ozeans, meinte ich.

Da drüben, weit, weit weg, doch nicht gar so weit weg, wie man glaubte, musste Japan oder ein Stückchen China sein.

Ora war schon in Japan gewesen und hatte es dort sehr seltsam gefunden, seltsam war kein Ausdruck.

Sie liebte es, wenn etwas seltsam war, es war eine Art Zu-Hause-Sein für sie.

Wäre ich sonst hier mit dir?

Haha, machte sie.

Weit drüben, vor der Küste Japans, ging inzwischen die Sonne unter. Oder hatten die Japaner eine eigene?

Schau doch mal, sagte ich. Aber Ora schaute nicht, sie wollte ins Wasser; wir sind in Kalifornien und waren nur ein einziges Mal im Wasser.

Auf einer der Websites hatte gestanden, dass man an den Sunset Cliffs eigentlich nicht baden konnte, denn es gab starke Strömungen, überall waren scharfe Steine, aber egal, sie wollte da jetzt rein.

Mich fragte sie erst gar nicht.

Sie zog sich im Dämmerlicht das Kleid über den Kopf und ging rein, fand auch gleich die Stelle, wo es möglich war, musste einmal zurück, dann war sie drin.

Puh, machte sie. Oh, der Mond.

Die junge Göttin im Mondlicht, so sah sie aus, wenn Sie verstehen.

Es tat ein bisschen weh, sie so zu sehen, als handelte es sich um meine höchstpersönliche Verdammnis, dass ich das musste, Ergebnis eines Fehlers auf der Netzhaut, falsch geschalteter Synapsen in der Großhirnrinde oder wo immer die Stelle war, die mich dazu brachte, vor ihrem Anblick in die Knie zu gehen.

Ich schau dich einfach nicht mehr an, sagte ich, als sie aus dem Wasser stieg.

Nein?

Sie rubbelte sich mit ihrem Kleid trocken, zog Slip und BH aus, aber jetzt hatte sie ein nasses Kleid. Sie begann zu frösteln, schließlich war es nach acht, es war nicht August, zum Glück stand der Wagen nur wenige Minuten entfernt.

Schnatter, schnatter, sagte sie im Wagen.

Und leichthin: Irgendetwas vorgefallen, während ich da draußen war?

Ja, Scheiße, sagte ich.

Scheiße, Scheiße, Scheiße.

*

Natürlich kam sie auf dieses *Scheiße* nicht zurück. Dazu kannte sie mich wohl schon zu gut, das, was ich ihr von mir gezeigt hatte, und ich hatte ihr vom ersten Tag an ziemlich viel gezeigt.

Unter taktischen Gesichtspunkten war das natürlich, gelinde gesagt, idiotisch, aber erstens habe ich in diesen Angelegenheiten nie an Taktik geglaubt, und zweitens hatte ich nach der Erfahrung mit Lynn jegliche Form von Spielchen satt.

Das Erstaunliche war, dass Ora mich nicht wegschickte.

Ich sagte vom ersten Tag Sätze, die sie in die Flucht hätten schlagen müssen, aber stattdessen hatte sie allenfalls geschwiegen oder Smileys geschickt, sehr früh die ersten geschriebenen Küsse, falls geschriebene Küsse etwas bedeuteten.

So leicht kommst du mir nicht davon, hatte sie gesagt, und ich: dass dies auch nicht meine Absicht sei.

Ich glaube, das war der Deal, der Punkt, an dem wir uns erstmals, na ja, berührten, und tatsächlich hatte sie ihr Versprechen ja gehalten.

So ein Mist, das Kleid, sagte sie, kurz bevor ich auf den Hotelparkplatz bog.

Sie zog sich schnell um, wir aßen eine Kleinigkeit an der Bar, dann zog sie sich aufs Neue um.

Ora liebte es, Anziehsachen zu probieren, was hieß, dass es ewig lange dauerte, bis sie eine Entscheidung getroffen hatte, sie endlich traf und im letzten Moment sagte: Nein, das nicht, doch lieber das, was meinst du?

Ein klitzekleines Problem gab es leider auch.

Sie hatte sich beim Baden eine Stelle über dem rechten Knöchel aufgeratscht. Das Blut war längst getrocknet, aber jetzt, auf dem Hotelbett, machte sie eine sorgenvolle Miene dazu.

Oh weh, sagte ich, weil ich wusste, dass sie das liebte, wenn sich jemand um sie sorgte, wenn sie fiebernd im Bett lag und man kurz davor war, den Notarzt zu rufen, wenngleich es dann so schlimm nie war.

Ich hatte auf Reisen immer eine Notapotheke mit, Schmerztabletten, Pflaster, Verbandszeug. Ich küsste ihre Zehen und machte ein Pflaster auf die Stelle, küsste auch das Pflaster.

Würde sie tanzen können unter diesen Umständen?

Aber ja, meinte sie. Tanzen immer und jederzeit.

Autsch, sagte sie, als sie in ihre Prinzessinnenschuhe schlüpfte und versehentlich an das Pflaster kam.

Es waren tatsächlich Tanzschuhe, schwarz, im Stil der Vierziger, der Oberschuh aus Seide, dessen Anblick meine Seele mit einem Gefühl der Frömmigkeit erfüllte, der Tugendhaftigkeit, möchte ich beinahe behaupten, als wäre es von Anfang an nur darum gegangen, Ora in diesen Schuhen zu sehen.

Nur darum.

neun

San Diego

Mitten im schönsten Mittagslicht kam sie plötzlich auf den *anderen Mann*.

Wir saßen am Seerosenteich im Balboa Park und tranken aus Pappbechern den zweiten *Starbucks*-Kaffee; sie erwischte mich absolut auf dem falschen Fuß.

Der *andere Mann* war seit Monaten kein Thema gewesen, ich hatte fast vergessen, dass er existierte, als wäre, worüber man nicht sprach, auch nicht vorhanden, aber von wegen, Ora zauberte ihn aus dem Hut, und nun war er da.

Ich kann nicht behaupten, dass ich erfreut gewesen wäre.

Ich fand es herzlos, dass sie ihn hierhergebracht hatte, doch schon nach wenigen Sätzen wurde mir klar, dass es, im Gegenteil, eine Form von Zärtlichkeit war, eine Geste des Vertrauens, insofern Vertrauen auf einem beginnenden Zeitbewusstsein basiert. Die Dinge waren eben nicht nur *jetzt,* und sie erloschen auch nicht, wenn sie gewesen waren. Sie sammelten sich, erhoben Forderungen, tasteten sich nach hinten in die Vergangenheit und nach vorne in die Zukunft, wobei es zu Kollisionen mit anderen Vergangenheiten und Zukünften kam.

Deshalb, glaube ich, fing sie damit an.

Sie redete ganz sachlich, als handelte es sich um eine Angelegenheit, die sie endlich hinter sich bringen wolle: Ich bringe es schnell hinter mich, und dann – du wirst ja sehen, was für ein *Dann* dann ist.

So ungefähr hörte es sich an.

Ich dachte: Endlich riskiert sie mal was, sie krabbelt aus ihrer Höhle, nicht zu fassen, wobei sie so klang, als wollte sie nie mehr dorthin zurück.

Schau, es ist so. Es ist kompliziert.

Na gut, dachte ich, für Ora war das allermeiste eben kompliziert, ich kannte es nicht anders.

Aber vieles war eben überhaupt nicht kompliziert. Wir schliefen zusammen in einem Bett, benutzten gemeinsam ein Bad, saßen auf demselben Klo, redeten über Gott und die Welt, über Trump, über mein nächstes Buch, das von der Freundschaft handeln sollte, ihre Freundinnen, deren Namen ich kaum kannte, Freundinnen seien im Leben nun einmal das Beste.

Beim viel zu späten Frühstück hatte sie das gesagt.

Wir waren wie immer spät dran, denn Ora liebte es, morgens zu trödeln, und noch mehr schien sie es zu lieben, wenn die Kellner mit den Augen rollten und wer weiß was über uns dachten, während wir so taten, als wäre nichts, und anschließend bestens gelaunt zum Hafen liefen und eines der bereitliegenden Schiffe bestiegen, denn das liebte nun wiederum ich, Städte an Flüssen und Meeren, und dann vom Wasser aus beobachten, wie sie nahe ans Ufer rückten und sich dehnten und streckten und völlig andere Gesichter machten als vom Land aus.

*

Der *andere Mann* war eine Figur des mittleren Anfangs. Er tauchte erst auf, als die Geschichte, sagen wir, sich bereits entwickelte, es also genau genommen zu spät war.

Anfangs hatte er nicht mal einen Namen. Er war der, mit dem es nicht mehr stimmte, den sie verlassen musste, den sie vorhatte zu verlassen, ehe sie irgendwann tatsächlich damit anfing, immer schön langsam, Schritt für Schritt, damit er es begriff und auch zuließ, und als sie eines Morgens neben ihm erwachte, war die Sache für sie beendet.

Um welche Unstimmigkeiten es sich genau handelte, hatte Ora nie erklärt. Es war mir nicht recht, dass sie ihn verlassen musste; hätte ich von Anfang an gewusst, dass sie jemanden verlassen musste, hätte ich wahrscheinlich nicht mal ihre erste Mail beantwortet oder keinesfalls so, wie ich sie beantwortet hatte.

Das hatte ich ihr Wochen vor der Reise auch gesagt.

Ich fragte sie, ob sie mit mir reisen würde, und bat sie praktisch im selben Atemzug, bei dem *anderen Mann* zu bleiben: Wenn du bei ihm bleiben kannst, dann bleib.

Sonst wusste ich nicht viel und wollte auch nichts wissen. Zusammengelebt hatten sie zu keinem Zeitpunkt, es gab zwei verschiedene Wohnungen, in denen sie sich besuchten bzw. besucht hatten.

Wenn es nach Ora gegangen wäre, hätte sie auf die Hälfte der Besuche verzichten können, also sagte sie ihm, dass sie ihn nicht mehr sehen wolle, dass sie eine Pause brauche, denn hätte sie erst mal diese Pause, wäre der Rest ein Kinderspiel, zumindest habe sie das gedacht. Aber leider.

Ich fragte, was das Problem war.

Er hatte sie zum Flughafen gebracht, das war das Problem, zumindest ein Teil davon. Er hörte nicht auf, sie nach dem Warum zu fragen, und sie hatte nicht die geringste Antwort darauf.

Ich dachte: Okay, *der andere Mann* hat sie zum Flughafen gebracht, sie hat keinen *Grund*, ihn zu verlassen, aber sie ist hier; die Stadt, in der wir uns aufhalten, heißt San Diego, es gibt Seerosen in San Diego, Hotelbetten, Bars, in denen man tanzen kann.

Ich hatte, ehrlich gesagt, ein bisschen genug von alldem.

Ich fragte: Wollen wir ein paar Schritte gehen?

Ja, klar, sagte sie, als wäre das die Lösung, dass wir uns bewegten und die Verhältnisse im Modus der Bewegung einer neuen, zuverlässigen Ordnung unterwarfen. Ich sah, wie sie zögernd aufstand, wie sie mich dabei anblickte und dann neben mir herging, halb die Ora, die ich kannte, halb eine Figur, die ich mir ausgedacht hatte, jemand, der einen anderen Namen trug, andere Kleider, andere Masken.

Ich fragte mich, wie lange das mit uns so weitergehen würde, bevor ich mir sagte, egal, es ist ein Spiel, mit mehr oder weniger festen Regeln; man braucht ziemlich viel Glück, aber in der Hauptsache geht es um Taktik, die richtige Tarnung im offenen Gelände, Angriff und Verteidigung, wobei jede Finte erlaubt war, raffinierte Manöver, die nach nichts aussahen und den Gegner umso mehr verblüfften.

Ora war ein *Zitterkind*.

Sie war leidlich jung, sie war verwöhnt und verlassen, jemand, der sich halbwegs erfolgreich durchs Leben schlug, doch das Kind, das Mädchen, das in ihr wohnte oder zu wohnen versuchte, das sich in ihr aufhielt und auf irgendein Wohlbefinden aus war, war ein Zitterkind.

Wir beide waren Zitterkinder.

Wir nahmen Tabletten, und wir machten zusammen diese Reise, was ja hieß, dass alles Etappe war, ein lustvolles Stochern im Nebel und, wenn es gut ging, ein großer *Spaß*.

*

Es gab jede Menge zu bewundern im Balboa Park: einen Rosengarten, den Alcazargarten, den Wüsten- und den Zoogarten.

Wir schauten uns alle nacheinander an, wanderten über Brücken, bestaunten Wasserfälle, dazu natürlich die Blumen, die in allen Farben des Erdkreises leuchteten, alle möglichen Kakteen, Bäume, deren Wurzelwerk an das Haar von Hexen erinnerte – die komplette Brandbreite dessen, was in aller Stille vor sich hin wuchs, robuste und weniger robuste Naturen, dazwischen hie und da Insekten, Eidechsen, das unvermeidliche Hochzeitspaar, Touristen aus aller Herren Länder mit Selfie-Sticks.

Ora ging schweigend neben mir her, und je länger dieses Schweigen dauerte, desto wohler fühlte ich mich.

Es war angenehm neu, so mit ihr zu gehen. Wir achteten auf unsere Schritte, und mehr war da nicht, nur die Einvernehmlichkeit des Gehens, unterbrochen von kurzen Stopps, wenn etwas unsere Aufmerksamkeit erregte, wenn Ora fotografierte, denn natürlich fotografierte sie, später im Zoo mehr als in den Gärten: die mit einem Pelz aus Efeu bedeckte Elefantenskulptur am Eingang, den Tiger, der unter dem Schatten eines Baumes schlief.

Irgendwann tranken wir etwas, dort im Zoo.

Wir redeten über Tiere, denen sie inniger verbunden war als ich, womöglich stand mir eine Erfahrung mit Tieren ja noch bevor.

Man konnte nicht wissen, zu wem man gehörte, dachte ich. Man hatte Ahnungen, aber im Grunde handelte es sich um haltlose Spekulationen, Mutmaßungen, für die es diese oder jene Wahrscheinlichkeit gab.

Man kannte den anderen nicht.

Hatte ich Lynn je gekannt?

Mir schien, ich hätte sie erst kennengelernt, als ich in der leer geräumten Wohnung stand.

Bitte nicht, sagte Ora. Ich bin hier. Warum bin ich sonst hier?

Alles okay, sagte ich. Ich freue mich, dass du hier bist.

Allmählich hatten wir von den Wundern der Flora und Fauna genug. Ora gähnte, so auf eine abschließende Art, als wäre die Arbeit des Tages nun getan, das ganze Vergangenheitszeug, *scheiß* auf die Vergangenheit.

Am liebsten möchte ich jetzt ins Bett, sagte sie.

Sie wollte sich nur kurz hinlegen, eine halbe Stunde nichts tun, und dann ans Meer, an den Strand, wo *Manche mögen's heiß* gedreht worden war, falls es tatsächlich dieser Film war und der Strand der dazugehörige Strand, an diesem berühmten Stückchen Wasser, mit einer drallen Blondine, die Marilyn Monroe hieß.

*

Ich schlief auf der Stelle ein. Ich legte mich, wie ich war, aufs Bett und kippte sofort weg, fünfzehn, zwanzig Minuten lang, obwohl es sich nachher anfühlte, als seien Stunden vergangen.

Offenbar hatte ich mir im Gewebe des Schlafes die falsche Stelle zum Aufwachen gesucht. Ich wusste für einen Moment nicht, wo ich war, während Ora putzmunter an der zum Zimmer gehörenden Espressomaschine hantierte und mir einen Nachmittagskaffee machte; davon also war ich aufgewacht.

Sie brachte mir den Kaffee ans Bett, verrührte im Gehen den Zucker und reichte ihn mir, mit einer kurzen Verbeugung und dem Ansatz eines Lächelns, das auf absichtsvolle Weise schief war, als spiele sie eine Dienerin bei Hof, die es gewohnt ist, in respektvoller Zurückhaltung Dienste und Gefälligkeiten aller Art zu erweisen.

Na?, sagte sie.

O Mann, sagte ich.

Sie habe über einiges nachgedacht, während ich schlief.

Es bedeutet mir sehr viel, sagte sie. Dass du meinen Kaffee trinkst, meine ich. Dass du dir die Zeit genommen hast. Gestern, heute, morgen. Das bedeutet mir alles was.

Ich trank von ihrem Kaffee und rätselte, was sie da redete, schließlich hatte ich handfeste Gründe, hier mit ihr zu sein, meine Motive waren düster und schmutzig und offensichtlich, was ich ihr auch sagte.

Warte, sagte sie.

Es irritierte mich, dass sie sich nicht setzte. Ich lag auf dem Bett und sah ihr zu, wie sie vor mir auf und ab tigerte, an einem passenden Anfang herumbosselte, mehrfach den Kopf schüttelte, über sich, über mich, die Lage, in die wir uns gebracht hatten, denn davon redete sie jetzt.

Es dauerte eine Weile, bis ich begriff, dass sie mich zitierte, auf etwas zurückgriff, das ich mal gesagt hatte, natürlich in der Hoffnung, dass sie mir widerspräche.

Im Grunde brauchte sie niemanden.

Vor Monaten, als sie krank im Bett lag und ich ihr einen Topf Hühnersuppe brachte, damit sie über Nacht nicht verhungerte.

Sie konnte es nicht formulieren.

Also wenn ich eine andere wäre, wäre mein Leben natürlich anders, sagte sie. Allerdings würde ich mich so als andere ja nicht kennen.

Jetzt machte sie es wieder kompliziert.

Wenn ich jemanden brauchen würde, dann einen wie

dich, sagte sie und wirkte beinahe ein bisschen unglücklich dabei.

Ich weiß nicht, sagte sie. Ich muss verrückt sein, mich nicht in dich zu verlieben. Oder ich bin es längst und weiß es bloß nicht.

KÖNNTEST DU MIR BITTE VERDAMMT NOCH MAL SAGEN, OB ICH VERLIEBT IN DICH BIN?

Es war zum Brüllen komisch.

Ich erinnere mich, dass ich mich halb totlachte, so komisch war es.

Sie begann sofort zu protestieren, sie meine es völlig ernst, was den komischen Effekt verstärkte, denn jetzt war es eindeutig Shakespeare, dachte oder sagte ich, jetzt befanden wir uns unwiderruflich in einer Komödie.

Und es war eine Erleichterung, das zu denken, denn nun konnten wir machen, was wir wollten, die nächsten drei Tage im Bett bleiben und uns mit der Glotze unterhalten, unsere Therapeuten per *Skype* um Ratschläge oder Vergebung bitten. Denn wir waren nicht, die wir waren, wir waren, was die Götter aus uns gemacht hatten, diese durchtriebenen Regisseure, die Liebestränke mischten und eine Serie von Verwechslungen in Gang setzten, das hohe Glück und die jederzeit mögliche Ernüchterung.

Willkommen im *Mittsommernachtstraum*, sagte ich. Du bist köstlich. Ich amüsiere mich ganz köstlich mit dir.

Ja, mach dich nur lustig über mich, gab sie zurück. Du bist wirklich überhaupt keine Hilfe.

Ich denke nicht daran. Nicht mal im Traum denke ich daran.

Küss mich, sagte sie.

Nein.

Ja, doch, war der Gedanke dazu. *Nie wieder. Bald.*

Ich glaube, sie war froh, dass ich mich lustig über sie machte.

Sie war das hinreißendste Geschöpf, das mir je begegnet war. Man konnte sich nicht auf sie verlassen, sie machte mich *verrückt*, aber davon abgesehen verstanden wir uns fast blind, rein reisetechnisch waren wir das perfekte Paar.

Sag ich doch, sagte sie, und damit war sie fertig.

Sie holte zwei große Hotelhandtücher aus dem Bad, denn da draußen war noch immer San Diego, und es gab viel zu sehen da draußen in San Diego, einen alten Schiffsanleger, die Skyline, klar, diese wunderbare Brücke, in der Ferne einen weiteren Leuchtturm, die Wellen, den wolkenlosen Himmel, das wechselnde Licht, das von dort kam, bei aktuellen Temperaturen von sage und schreibe 29 Grad.

*

Als wir lange nach neun zurück im Hotel waren, hatten wir genug. Wir hatten zu viel Sonne erwischt, wir hatten nicht besonders gut gegessen, mehr geschwiegen als geredet, geraucht, beobachtet, wie die Leute in allen Konstellationen langsam Richtung Parkplatz trotteten, Familien mit Kleinkindern, die riesige Taschen mit Plastikspielzeug wegschleppten, eine Gruppe Schüler, die sich ununterbrochen umarmten, Pärchen in allen Stadien der Komplizenschaft.

Noch am Morgen war es keine Frage gewesen, dass wir wieder in unsere Bar gehen würden, aber jetzt, am Abend, hatte der Plan jede Dringlichkeit verloren. Ora wollte eine Weile lesen, glaubte sie, obwohl sie dann gar nicht las, weder sie noch ich, der ich sie auf fast brüderliche Weise in den Armen hielt.

Auf einmal redete sie von ihren Wochen auf der Geschlossenen.

Sie beschrieb das erbarmungslose Licht in ihrem Zimmer, das Vergehen der Zeit, die dünn und nur ansatzweise mit Bedeutungen aufgeladen war, ihre alles durchdringende Erfahrung, dass es keinen Grund mehr gab.

Alles war grundlos.

Ein paar Wochen war sie erfüllt von einer namenlosen Furcht, die allem und jedem galt: wenn die Tür aufging und einer der Pfleger nach ihr sah, dem Geräusch des Essenstabletts, den Gerüchen, die aus allen Richtungen zu ihr herüberzogen, unangenehmen Geräuschen wie dem Flattern eines Vogels, dem Knacken der Heizung neben ihrem Bett.

Sie wartete auf die Wirkung der Tabletten.

Damals, in der Klinik, hatte sie gelernt, dass man warten können musste.

Wartearbeit, Vertrauensarbeit.

Nichts und niemandem hatte sie je zuvor so rückhaltlos vertraut wie diesen Tabletten, deren Namen sie nicht kannte, die Mehrzahl weiß, mal gekerbt, mal nicht, stille treue Helfer, die sich an ihren Synapsen zu schaffen machten, sie neu schalteten, die einen aus und die anderen ein, oder was immer da genau in ihrem Kopf repariert wurde oder hoffentlich repariert werden würde, sie fand das völlig undurchdringlich.

Sie war beinahe glücklich gewesen dort, behütet, beschützt, eine gewisse Zeit, bevor dann eine andere Zeit kam, keine Ahnung, welche.

Dort, in der Anstalt oder wie man das nannte, hatte sie erfahren, was es bedeutete, häuslich zu sein.

Häuslich werden, ein Zuhause finden. Das war die Arbeit, die vor ihr lag, und das Ergebnis dieser Arbeit war die Entdeckung der Arbeit.

Man konnte sich nur retten, wenn man etwas tat, das es einem wert war; wenn man etwas tat, das es einem wert war, war man praktisch schon gerettet.

Haus- und Heimarbeit, so hieß das doch.

Die Arbeit wurde zu ihrem Haus, die Fortsetzung ihrer Erfahrung in der Geschlossenen.

Nicht alles war erbaulich, wenn sie bis spät nachts in ihrem Atelier saß, aber sie liebte, was sie tat: Ende und Anfang, diesen namenlosen Zustand der Bereitschaft, der Fügung in die Abläufe, die ja nicht durchweg sie bestimmte, mal mehr, mal weniger.

Fügung hatte mit Fugen zu tun, glaubte sie, eine flüchtige Erinnerung daran, dass die Arbeit ein bewohnbares Gebilde war, eine Hülle aus Freiheit und Routine und innen drin ein von atembarer Luft erfüllter Raum.

Sie hatte noch nie so lange von sich geredet.

Als sie fertig war, weinte sie, still und in sich gekehrt, als ginge es mich nicht das Geringste an, auf diese untröstbare, vertrauensvolle Art, mit der sie alle Ursachen hinter sich ließ, Vater, Mutter, Liebhaber, die großen und kleinen Unglücke – das, was im Laufe eines Lebens eben so anfiel und sich je nach Leben als mehr oder weniger gut tragbar erwies.

Irgendwann schlief sie ein.

Atmete sie überhaupt?

Eine Weile hörte ich auf ihren Atem, die regungslose Stille, die sie jetzt umgab, nach diesem langen Tag der Offenbarungen.

Das Wort Wonne kam mir in den Sinn.

Ora, meine Wonne.

Wie aus dem Nichts war da dieses Wort.

Es klang nach den Unbedingtheiten des Mittelalters, nach durchgeknallten Gottessuchern und Spinnern jeglicher Schattierung, etwas, das es seit Ewigkeiten nicht mehr gab, nur noch als Wort, aber siehe, hier und jetzt war es noch einmal zurückgekehrt.

zehn

San Diego – Yuma
(172 miles, 2 hours 40 mins)

Unsere nächste Station, Yuma, lag nur knapp drei Fahrstunden von San Diego entfernt. Die Abläufe schienen sich zu wiederholen, aber die Wahrheit war, dass es zu einer Art Drehung kam, einem radikalen Wechsel des Milieus, vom Wasser hinein in die Tiefe des Landes; wir wechselten nicht nur den Bundesstaat, sondern streng genommen den Planeten.

Ora spielte wie üblich den *Song* und anschließend Blixa Bargeld, einen Titel mit Streichquartett, wodurch sofort eine meditative Stimmung entstand: draußen die Wüste (oder der Rand der Wüste) und in uns drin eine empfängliche Ruhe. Wir schauten dem allmählichen Ausbleichen der Landschaft zu, passierten mehrere Baustellen, während ich mich in die neue Musik hineinarbeitete.

The Beast, sagte Ora. *Still Smiling, What If.*

Sie kannte sämtliche Titel auswendig, summte hie und da mit, sehr friedlich, dachte ich, mit einer neuen

Sanftheit, während wir unablässig damit beschäftigt waren, draußen die Details zu sortieren, in dem Wissen, dass wir immer schon alles gekannt und gesehen hatten und doch jede Sekunde die völlig Fremden und eigentlich Blinden waren.

Alles war in einem abgedrehten, filmischen Zustand und zugleich ohne vorgegebene Bedeutung, in der Ferne die vorüberziehenden Staub- oder Sandwolken, die toten Bergrücken, die Schluchten, eine Gruppe windgebeugter Kakteen.

War es möglich, dass wir die Ersten und Einzigen waren, die sie in diesem Moment wahrnahmen? Oder hatte es schon Abertausende vor uns gegeben?

Es lag ein Hauch Wehmut über allem, ein Schleier Westernmelancholie, wenn man so sagen will, ein kompliziertes Gefühl, das aus der Landschaft kam, der unabweisbaren Erkenntnis, dass sich alles bis ins letzte Detail wiederholte.

*

Da es keine drei Stunden bis Yuma waren, hatten wir es nicht eilig gehabt, San Diego zu verlassen.

In San Diego hätten wir beide bleiben können. Die Stadt und wir begannen uns aneinander zu gewöhnen, Ora und ich, die verschiedenen Fraktionen in uns, die gemischten Chöre aus *Ja* und *Nein* und *Vielleicht*, die unausrottbare Widerspenstigkeit unserer Empfindungen.

Wir entspannten uns. Sagen wir so. Das Thema Sex eingeschlossen, Sex ist ja meistens ein guter Indikator.

In den letzten Stunden in San Diego legten wir ein paar weitere Hüllen ab.

Ich überließ mich ihr. Zumindest fing ich an, mich ihr zu überlassen, und so handelte es sich einerseits um guten Sex und andererseits um etwas, das mit Sex wenig zu tun hatte, eine Erfahrung der Keuschheit, möchte ich fast sagen, explizit genital, wobei die Genitalien eben nur Werkzeuge waren, Sensoren, die weit draußen etwas maßen und regulierten, während es in den Tiefen des Innenraums um ganz andere Fragen ging, um den ersten wirklichen Kontakt, die Berührung der Seelen, falls es Seelen gab.

Für mich bestand guter Sex darin, dass sich die Seelen berührten, einander Einlass gewährten, die Türen und Fenster sperrangelweit offen, für einen klitzekleinen Moment, ich meine, mehr war es ja nicht, aber um diesen Moment ging es, er war möglich, selbst wenn man ihn mehr oder weniger träumte, und vielleicht träumte ich ihn ja nur.

Ich mochte die trödelige Art, mit der Ora die Dinge in Gang brachte, die ganze Beleuchtung, sagen wir so, ihre plötzlichen *turns*, die Mischung aus mädchenhaften Episoden und ansatzweise schmutzigen Arabesken.

Sie machte ewig lange die Augen nicht auf.

Schau mich an, sagte ich.

Hättest du freundlicherweise die Güte, mich anzuschauen?

Sie war weiterhin eindeutig zu jung für mich, doch vielleicht, dachte ich, würde sich das ja ändern. Ihr Fleisch war zu jung, Haut und Knochen, ihre mal nach hier, mal nach da pendelnden Gedanken.

Ich fühlte mich wie ein Tier, das weiß, dass es sich eines Tages zum Sterben ins Gebüsch legen wird, in irgendein Unterholz, zwischen totes Gestrüpp und winterliche Beeren, Anflüge von Moos, in ausreichender Ferne zu seiner Herde, falls es oder ich ein Herdentier war, doch auf jeden Fall für sich, fern der anderen, in einer letzten Hülle aus Geborgenheit.

Ich war völlig einverstanden damit. Ich meine, es hatte nichts mit Oras Flüchtigkeit zu tun oder damit, dass ich zehn Jahre älter war. Es war eher eine Erinnerung an den Raum, in dem ich mich bewegte und wir uns alle früher oder später bewegten, eine Erinnerung an das, was noch zu tun blieb. Doch vielleicht gab es für mich ja gar nicht mehr so sehr viel zu tun, ein paar letzte Verzierungen an meinem *Werk,* das ich hinterlassen würde, Arabesken im Wesentlichen, Kommentare zu Kommentaren, Querverweise, pädagogisch getarnte Wiederholungen.

Ora wollte nicht, dass ich trübsinnige Gedanken hatte, dabei war ich auf die allergefährlichste Weise glücklich, ohne große Dankbarkeit.

Glück war etwas, das einem widerfuhr, dachte ich, dem Schrecken nicht unähnlich, nur dass ich es diesmal sofort begriff, oder besser: fühlte. Es gab keine Geschichte, die es einem erklärte oder der *Grund* dafür war, denn es gab keinen Grund.

*

Gegen Mittag machten wir uns endlich auf den Weg, ein wenig matt, auf geschundene Weise selig, im Nachklang der erweiterten Intimität, die ja regelmäßig schockierend ist, als wäre da etwas vorübergehend zu groß, ohne rechtes Maß, etwas, das uns innerlich fast vernichtet.

Ich weiß nicht, ob Ora genauso empfand.

Sie fuchtelte mit dem Autoschlüssel und kommentierte das weiße Hemd, das ich trug.

Männer sollten grundsätzlich nur weiße Hemden tragen, meinte sie. Weißes Licht, weißes Hemd. Aber auch umgekehrt: Draußen ist es finster, das Hemd ist das Licht.

Männer, sagte sie.

Es klang, als sagte sie: das All. Die Natur. Wie ist die Natur im Allgemeinen doch so schön. Kalt und leer ist das All.

Im Grunde mochte sie Männer nicht besonders.

In der Theorie waren sie reizvolle Objekte, aber die Erfahrung mit ihnen war, dass man sich an ihnen stieß.

Männer waren anstößig. Oder sie selbst war anstößig.

Jedenfalls kommt es dauernd zu Kollisionen, sagte sie.

Ora träumte von einem Leben, in dem solche Kollisionen ausblieben, einer unfallfreien Existenz.

Vielleicht träumte sie das gar nicht. Kleinere Unfälle waren ja durchaus interessant, fand sie, das Salz in der Suppe, aber sie wollte nicht unangeschnallt hinten auf der Rückbank sitzen, wenn es krachte.

Man schnallt sich an, wenn man in einen Wagen steigt. Fahren ist besser als Beifahren. *Bitte sprechen Sie den Fahrer während der Fahrt nicht an.*

Also los, sagte sie. Zack, zack drehte sie den Schlüssel im Schloss und startete.

Hnn, hnn, machte sie und *cruiste* versiert und schlitzohrig über den Hotelparkplatz nach *draußen*, in die Stadt, die große weite Welt, die ihr und mir in wunderbarster Gleichgültigkeit zu Füßen lag.

*

Jenseits der Stadtgrenze herrschte nicht allzu viel Verkehr. Ora überholte mehrere Trucks, einen weißen Pontiac mit Trump-Aufkleber aus dem Mittleren Westen, drin ein junger Fahrer mit Basecap, der zu ihr herübergrinste und den Versand obszöner Zeichen übte.

Bei Trump-Leuten bleibe ich cool, sagte sie. Sonst brülle ich ja. Wenn ich alleine bin. In Eile. Eigentlich bin ich ja dauernd in Eile. Außer, wenn du in der Nähe bist.

Sie schaute kurz her und wieder weg, drehte bei jedem Schulterblick geschmeidig den Hals, wobei mich in regelmäßigen Abständen ein Stück ihrer Zentralsonne streifte, ein Hauch Komplizentum, in der Bereitschaft, das eine oder andere mit mir zu wiederholen.

Ich würde dich gerne zum Essen einladen, sagte ich.

Nach Hause, meinte ich, denn Ora war bislang kein einziges Mal in meiner Wohnung gewesen.

Die Eröffnungsszene konnte ich mir gut vorstellen. Wie sie eine Jacke oder einen Mantel ablegte und dann langsam hereinkam, sich überall umsah und das Gesehene innerlich notierte: Da arbeitet er, da ist sein Bett,

Bad und WC, die Küche, aha, da ist es nett, setzen wir uns in die Küche.

Ich würde gerne für dich kochen, sagte ich.

Was? Kochen? Du meinst, wenn wir zurück sind. Ja, klar. Bist du etwa schon zurück?

Ich reise nur kurz in die Zukunft, sagte ich.

Die Zukunft, mein Gott.

Über die Zukunft konnte man mit Ora nicht reden. Zukunft war, was sich mehr oder weniger von selbst ergab, der nächste Punkt auf dem Zeitstrahl, die sich einstellende Gegenwart von morgen.

Sie war die Mutter eines Sohnes, aber Zukunft?

Die Zukunft war, dass sie alt wurde, dass Jasper aus ihrem Leben verschwand.

Zukunft war Verschwinden.

Ich sagte mir den Namen ihres Sohnes vor.

Jasper, sagte ich.

Deine Mutter, sagte ich.

Ich bin der und der.

Ich versuchte mir vorzustellen, mit ihr und ihm zu leben.

Ich probierte es mit einem Haus, mit einer Wohnung, die auf halber Strecke zwischen ihrer und meiner lag. Doch die Bilder verloren schnell an Kontur und Farbigkeit, wenn ich auf konkrete Behausungen kam. Ein größerer Garten war zu sehen, ein Balkon, auf dem wir abends rauchten, Zimmer, in denen die schriftlichen Dinge erledigt wurden.

Ich würde Zigaretten für sie besorgen.

Ich würde im Hof den Müll für sie in die Tonne werfen und mich fragen, ob das nun unser Müll war oder ihrer.

Ora ging auf meinen Essensvorschlag nicht ein.

Siehst du dort drüben den Vogel, den Geier oder was immer das ist?

Da drüben, links, sagte sie.

Ich konnte nicht sagen, was für ein Vogel das war. Er kreiste ziemlich weit oben, setzte kurz zum Sturzflug an, sank geschätzte zehn Meter in die Tiefe, bevor er zurück in den kreisenden Modus ging und aus unserem Sichtfeld verschwand.

Vielleicht war es ja wirklich ein Geier, sagte sie.

Ich: Ein Mitarbeiter der lokalen Müllabfuhr. Ein Totenvogel.

Ja, du immer mit deinem Tod.

*

Draußen hatte es inzwischen an die vierzig Grad. In unserer klimatisierten Kapsel war davon wenig zu spüren, doch kaum hatte man sie verlassen, warf sich einem die Hitze an die Brust, einmal, als wir auf halber Strecke tankten und uns über eine Gruppe Indianer wunderten.

Es waren ausnahmslos Männer, nicht unbedingt indianermäßig gekleidet, aber doch eindeutig Indianer, stumme, grimmige Gestalten, die in unmittelbarer Nähe der Zapfsäulen standen und sich aus irgendwelchen Gründen für die Abläufe an einer Tankstelle interessierten.

Mehr taten sie nicht.

Sie waren einfach da, ohne große Regung, Statuen,

eine *Memorial*-Installation von sieben, acht Ureinwohnern, Väter, Onkel, Brüder, Cousins.

Ora: Indianer darf man nicht mehr sagen.

Nein?

Auch Eskimos darf man nicht mehr sagen.

Keiner der Männer war jung, der jüngste an die vierzig, und es war ein wenig unheimlich, wie sie da schauten oder besser: *starrten*, falls man das noch sagen durfte; Ora fand sie ja eher traurig als bedrohlich.

Es war einer der Momente, in denen ich sie gut sah, beim Einsteigen, wie sie sich den grün-schwarzen Rock über den Beinen glattstrich, wie sie den Sitz nach vorne schob, sich die Haare aus dem Gesicht strich; die Vielfalt ihrer Gesichter war unerschöpflich.

Ich fragte mich, ab welchem Zeitpunkt ich sie nicht mehr sehen würde, falls es je zu diesem Zeitpunkt käme. Denn vorläufig war ja nur Fülle; ich sammelte und katalogisierte auf eine stümperhafte Art die Schnappschüsse, halb verdaute Eindrücke: was sie mit ihrem Mund machte, ihren Fingern, die Modulation ihrer Stimme, wenn sie sang oder flüsterte.

Je näher sie sich mir fühlte, desto mehr verfiel sie in einen Flüsterton. Flüstern signalisierte Nähe; wenn sie lachte, befand sie sich in der Nähe, während man bei den Zwischentönen nie so recht wusste, wo sie gerade war.

Ich dachte daran, wie wenig ich letztlich von ihr wusste. Ich kannte ihre Freunde nicht, den einen oder anderen Namen, einen Beruf, ausgewählte Anekdoten von ihren Reisen, Begegnungen mit Kunden, skurrile Körperdetails.

Wir lebten wie auf einer Insel. Unsere Gemeinsamkeit, oder was immer da zwischen uns war, hatte keine Verbindung zur Außenwelt, dem, was sonst noch war oder hätte sein können. Die Reise war eine Insel, der komische Wagen, mit dem wir durch die Landschaften rollten, Restaurants und Hotels, die Betten in den Hotels.

Wir konnten eigentlich nur immer weiterreisen. Würden wir aufhören zu reisen, ständen wir sofort mit leeren Händen da, die Reise wäre wie nie gewesen, eine biografische Fußnote, eine kurze Affäre mit dem, was möglich war und am Ende nicht zustande kam.

Ich fragte mich, ob ich mit ihr leben wollen würde.

Meine Einladung zum Reisen war ja eine Einladung zum Leben gewesen, zum Versuch damit, doch vielleicht würde sich ja herausstellen, dass die Reise unser *Leben* war, die komprimierte Fassung davon.

Ora fuhr und schaute gelegentlich zu mir herüber.

Du denkst daran, was werden wird, sagte sie.

Wird nicht immer etwas aus dem, was gewesen ist?

Sie nannte es wie ich Stimmen. Manchmal konnte sie Stimmen hören. Natürlich meine sie jetzt keine *bösen* Stimmen, solche, deretwegen man den Verstand verlor, es waren eindeutig *gute* Stimmen, freundliche, kleine Anfragen, die nichts Unmögliches von ihr verlangten.

Wenn ich in der passenden Stimmung bin, kann ich mich mit allem und jedem unterhalten, sagte sie, mit der Spitze eines Penis ebenso wie einem Neugeborenen, gegenseitiges Interesse vorausgesetzt.

Sie habe mich vor ein paar Stunden in San Diego so verstanden, dass dieses Interesse meinerseits bestand.

Ich kann mich täuschen, sagte sie.
Sag, dass ich mich nicht täusche.
Sie schaute kurz her, bevor sie einen weiteren Überholvorgang einleitete und anschließend mit einem eleganten Bogen zurück auf die rechte Spur wechselte, so auf eine pfiffig-heitere Art, dachte ich, als wäre das von nun an die Ansage, die Epiphanie der ewig guten Laune zwischen uns.

*

Das *Radisson* in Yuma hatte einen Außen- und einen Innenpool, was bei den gegebenen Temperaturen mehr als angebracht war, obwohl wir nur kurz reinsprangen und dann schnell zurück zum Wagen liefen, um herauszufinden, wo wir gelandet waren.

Mit der Stadt konnten wir nicht viel anfangen. Sie schien selbst nicht zu wissen, warum es sie gab; sie war nur irgendwie vorhanden und zeigte kein wiedererkennbares Gesicht, außer dass sie von Wüsten umzingelt war und nach Süden, Richtung Grenze, nicht weiterkam.

Ora fischte einen Namen aus ihrem Smartphone, San Luis, und also fuhren wir nach San Luis, wo die Grenze war. Jeder von uns hatte sie schon im Fernsehen gesehen und auf der Stelle wieder vergessen, ihre Höhe, ihre Beschaffenheit, Mauern, Wälle, Zäune, in welcher Farbe gleich?

Wie sich herausstellte, handelte es sich um einen überdimensionierten Lattenzaun, richtig mit Lücken, gerade so wenig breit, dass kein menschliches Lebewesen sich hätte durchzwängen können, aber schön luftig, beinahe hübsch, weil man jederzeit durchsah und in den Blick bekam, was sich auf der anderen Seite befand, dass es sich um eine zusammengehörige Landschaft handelte, getrennt durch eine Barriere aus angerostetem Metall, unüberwindbar hoch.

Dort gingen wir spazieren.

Es gab einen Weg, einen Bach oder Kanal, der rechter Hand vor dem Zaun mitlief, dazwischen diverse Tore, die man unter bestimmten Umständen öffnen konnte, linker Hand kleinere Gebäude, Vegetation, über die vereinzelt Vögel kreisten.

Der Zaun warf einen hübschen Schatten, direkt auf den Weg, sodass wir die längste Zeit auf einer gestreiften Fläche gingen, die Lichtstellen nicht breiter als ein Fuß.

Ora machte ein paar Fotos, tippte sich mehrfach an den Kopf, weil es ein unangenehmer Ort war, aber imposant, ästhetisch, beinahe erhaben, und überall dieser Widerspruch von Form und Absicht.

Später schauten wir natürlich nach drüben, überschritten *die Grenze*, obwohl es für uns ja nur ein paar Schritte waren.

Bei Conor Oberst war von Mexiko mit keiner Silbe die Rede, aber nun wollten wir doch wenigstens dran schnuppern, kamen auch problemlos rüber, was ja die Pointe der Gemeinheit war; man fuchtelte mit seinem europäischen Pass und war drüben. Man konnte Enchiladas essen, rauchen, trinken, Alkohol besser nicht, obwohl gegen einen schnellen Tequila gewiss nichts einzuwenden war.

Du bist toll, sagte sie. Irgendwie cool. Hat dir das schon mal jemand gesagt?

Ich lachte, als sie das sagte, denn ich fühlte mich überhaupt nicht *cool*, aber auf eine verquere Art meinte sie es wohl ernst.

Ich bin in Wahrheit viel älter als du, sagte sie. Du bist so optimistisch. Du glaubst an was. Dass sich Dinge ändern. Während ich nur an meine Tabletten glaube.

Weil du dich nicht traust.

Darauf sie: Soll ich mich heute trauen? Ja, heute traue ich mich. Es ist herrlich mit dir. Du bist wunderbar.

Sie boxte mir mehrmals gegen die Schulter und sagte: Ja, so ist es, so und nicht anders; wenn ich es sage, ist es so.

Und was nun?

Ja, was nun?

Ich hätte Lust auf Gefängnis, sagte ich. Heute ist Gefängnistag. Und morgen spazieren wir durch die Wüste.

Wir liefen den ganzen Weg zurück, den wir gekommen waren, und anschließend weiter zum *Territorial Prison*, das natürlich kein Gefängnis war, sondern das Museum eines Gefängnisses, außer Betrieb seit 1909.

Aber man konnte sich alles gut vorstellen: das Leben in den Zellen mit links und rechts zwei Stockbetten, wie die Gefangenen ankamen und aus der vergitterten Gefängniskutsche stiegen oder auf einem eisernen Stuhl gefesselt in die Wüste geschoben wurden, wo sie in Zeitlupentempo verdursteten.

Ora hatte sofort Lust, selbst eine Gefangene zu sein, kletterte auf den Stuhl mit den hölzernen Rädern, legte sich auf eine der Pritschen, rüttelte von innen an den Gitterstäben, während ich draußen stand und pathetisch ihre zitternden Fingerspitzen berührte.

Es war ein Spiel und auch keins.

Sie bettelte, spielte es richtig gut, das Flehen, die vergeudete Zeit, den ganzen Irrsinn der Hoffnung.

Bitte, hol mich hier raus. Aus allem. Bitte, ja?

Ja, sagte ich.

Ich meine es ernst, sagte sie.

Könntest du verdammt noch mal versuchen, mich zu retten?

Ja.

elf

Yuma – Mesa
(192 miles, 2 hours 59 mins)

In meiner Vorstellung waren Wüsten Orte absoluter Stille, etwas für Säulenheilige, die in der erbarmungslosen Leere auf göttliche Zeichen warteten, aber stattdessen handelte es sich um einen weitläufigen Freizeitpark, im Grunde neuerlich um ein Museum, ein Stück Raum, das für sich gewesen war und nun zur willfährigen Verfügung aller stand: Man kurvte einfach darin herum, steuerte die Aussichtspunkte an, stieg aus und wieder ein, unter dem Eindruck all der ausgebreiteten *Schönheiten,* die es zweifellos gab, was an ihrem metaphysischen Makel nichts änderte.

Es war mir klar, dass das eine sentimentale, also idiotische Betrachtungsweise war, Ausdruck mangelnder Fantasie, so es Ausdruck von Fantasie ist, bestimmte Aspekte einfach wegzulassen, über sie hinwegzusehen, vom Himmel stürzende Scheinwerfer oder zu welchen Inszenierungsfehlern es vor Ort auch immer kam.

Ora störte sich nicht daran.

Ja, klar, alles *Truman Show,* sagte sie. Ich finde es super.

Sie mochte den Colorado River, der sich in einer leichten Linkskurve durch Staub und Stein arbeitete, dass wir noch einmal an der Grenze zwischen Kalifornien und Arizona waren; irgendwie zog es sie ja zurück nach Kalifornien.

Auch die nächste Reise wollte sie unbedingt nach Kalifornien machen.

Die nächste Reise, ja?

Ich meinte, eine neue Nachgiebigkeit an ihr zu bemerken; statt die Dinge zu kontrollieren, ließ sie sie jetzt laufen, was im Endeffekt bedeutete, dass ich sie zum Laufen brachte.

Hier, siehst du? Komm, lass uns da hingehen. Dort drüben sieht es ein bisschen abschüssig aus. Pass auf. Gib mir lieber deine Hand.

In der Regel sagte sie nicht viel dazu; ihre Antwort war, dass sie nickte und auf mich hörte, was auf meiner Seite zur Folge hatte, dass ich ein paar Schritte zurücktrat, weniger um sie warb, könnte man sagen, weniger *taktierte.*

Das Gefühl des Staunens verließ mich keine Sekunde: dass sie weiterhin hier war und sich mir in gewisser Weise zugehörig zu fühlen schien, dass wir uns gemeinsam durch den Raum bewegten und eine für uns beide gültige Interpretation entwickelten, und tatsächlich waren wir uns in den meisten Situationen einig oder hatten keine Mühe, zu einer Einigkeit zu gelangen.

Kurz: Wir fingen an, einander zu ertragen.

Der andere war unwiderruflich der andere, trotzdem konnte man zusammen gehen, dem anderen folgen, in einem geschmeidigen, kompromissbereiten Stil, der mit Unterwerfung oder Ritterlichkeit wenig zu tun hatte, sondern eine beschränkte Praxis des Entgegenkommens war, hier, in dieser winzigen Zeitblase von dreihundert Stunden, im Juni zweitausendsechzehn, fünf Monate vor der Wahl von Trump.

Ora, im neuen Modus des Sichüberlassens, hatte es sich auf dem Beifahrersitz bequem gemacht und rauchte, schaute.

Ich bin heute so faul, sagte sie. Ich mache alles, was du willst. So faul bin ich.

Ich fand es herrlich, dass sie so faul war, so gespielt gefügig; wenn man etwas voneinander wollte, musste man sich auch fügen.

Ich könnte ewig hier so neben dir sitzen, sagte sie.

Einfach nur fahren, fahren, weiterfahren.

*

Die Frau im Besucherzentrum hatte es für unbedenklich erklärt, sich ohne Vierradantrieb durch den Nationalpark zu bewegen, so mit einem angemüdeten Blick, als habe sie das bereits Heerscharen von Idioten wie uns erklärt.

Sie erkundigte sich, ob wir alles hatten, Kopfbedeckung, Getränke, Sonnencreme, und schickte uns mit einer Drehung des Kopfes auf die Piste.

Die Wüste, wie gesagt, war ein Park, aber es machte Spaß zu fahren, man wirbelte Staub auf, auch das war ein Spaß, zum Glück machte unser *Fiat* alles brav mit.

Anfangs gab es relativ viel Grün, aber je weiter wir uns Richtung Norden bewegten, desto mondartiger sah die Landschaft aus, in einem moderaten Zustand der Leere, denn natürlich waren wir nicht die Einzigen, die hier herumkurvten. Es gab vereinzelt Tiere, über Fluss und Landschaft kreisende Vögel, dann und wann einen Trupp Wildesel, bei einem Stopp eine riesige Eidechse, die sich auf einem Felsenvorsprung sonnte.

Jetzt, gegen Mittag, wurden die Temperaturen fast unerträglich. Das Thermometer kletterte auf über vierzig Grad, man begann sich förmlich zu ducken, als wäre die Hitze ein Tier, das einem auf den Schultern hockte und nach unten drückte, in einem hellen, unerbittlichen Zorn, der einen daran erinnerte, welch beugende Kräfte hier am Werke waren, mit der Macht, jemanden zu Boden zu werfen und in die Haltung eines Betenden zu zwingen.

Auf einmal redeten wir über das Beten.

Ora, das war eine Überraschung, betete gelegentlich, hatte aber keine allzu hohe Meinung von sich als Betender; eigentlich bestelle sie nur.

Wenn ich mir etwas sehr wünsche, werde ich ganz klein und gebe wie eine Achtjährige die Wunschliste durch.

Ich versuchte mir vorzustellen, wie Ora betete, wie sie in einer Kirchenbank saß und sich bemühte, den Kontakt aufzunehmen.

Sie bete grundsätzlich nur in Kirchen, sagte sie. Dabei habe man doch nicht das geringste Recht.

Aber da ist jemand, sagte ich. Da droben, da draußen oder wo immer sich dieser Jemand aufhält. Daran glaubst du.

Ich hätte nie vermutet, dass es so einen Jemand für sie geben könnte.

Ja, Gott, sagte sie.

Sie nenne ihn einfach so.

Ich: Er ist da. Wenn du mit ihm sprichst, ist er da.

Sie lachte.

Bitte, lieber Gott, mach dies, mach das. Kannst du dafür sorgen, dass ich Tag und Nacht glücklich bin?

Wie nicht anders zu erwarten, machte er in der Regel, was er wollte, also überhaupt nichts.

Na, er braucht wahrscheinlich Bedenkzeit, scherzte ich.

Und sie: Oder die Bestellhotline ist zusammengebrochen. *Bitte haben Sie einen Augenblick Geduld. Wir bemühen uns, das Problem zu beheben.*

Ich konnte mich beim besten Willen nicht daran erinnern, wann ich zuletzt gebetet hatte. Ungefähr mit acht, glaubte ich; ja, konnte sein. Offenbar war es das Geschäft der Achtjährigen, sich betend an die höheren Instanzen zu wenden, in der unerschütterlichen Überzeugung, dass sie nicht völlig taub waren und sich gelegentlich zu jemandem herabbeugten.

Und du?, fragte sie.

Ja, und ich.

Ich hatte Woody Allen, ich hatte meine shakespeareschen Götter, die mehr oder weniger unberechenbar waren und mir wahllos Prüfungen und Optionen schickten.

Die Götter hatten mir Lynn entführt, die Götter hatten mir zu meiner Belehrung Ora geschickt, also war ihnen letztlich alles zuzutrauen.

Götter waren Spieler, ohne sich groß darum zu kümmern, wie die von ihnen angezettelten Spiele ausgingen. Sie langweilten sich leider schnell und schoben dich mal hierhin und mal dahin, um dann genussvoll zuzusehen, wie du zurechtkamst oder aus der Bahn flogst.

Wie es ausging, war ihnen völlig egal, obwohl sie, ich glaube, komische Lösungen bevorzugten, wobei ja unergründlich war, was Götter für komisch hielten.

Aber sie lachten. So oder so. Hauptsache, sie hatten ihren Spaß.

Ora sagte: Dann sind sie wie ich.

Wie du?

Ein wenig Spaß wird man hier unten ja wohl haben dürfen.

*

Inzwischen hatten wir die Stelle erreicht, von wo aus man auf einem zwei Kilometer langen Fußweg durch ein Stück Wüste gehen konnte, vom Parkplatz in zwei Halbbögen zurück zum Parkplatz.

Sehr viel mehr als eine halbe Stunde würden wir dafür nicht brauchen. Trotzdem taten wir, als brächen wir zu einer mehrtägigen Expedition in die Sahelzone auf, prüften unsere Wasservorräte, schmierten uns Gesichter und

Arme, die Schultern ein, lachten über unsere am Vormittag erworbenen Strohhüte, über uns, dass es der drittletzte Tag war, wenngleich es sich nicht so anfühlte.

Als wir aus dem Wagen stiegen, fielen wir fast um.

Ora sagte: Okay, jetzt haben wir leider ein Problem. Siehst du da drüben den Typen mit der Frau?

Bäm, bäm, machte sie und pustete die Rauchwolken von zwei imaginären Revolvern weg, denn jetzt spielten wir Desperados, und als Desperado musste man höllisch aufpassen, an jeder Ecke lauerte Gefahr. Die Wüste selbst war eine Gefahr, man musste jederzeit mit Kadavern und Skeletten rechnen, vor Durst und Hunger wahnsinnig gewordenen Tieren, denen jeder Trank und jede Speise recht war.

Bäm, bäm, machte sie, um wenigstens die wilden Tiere zu verscheuchen.

Aber damit war man keineswegs in Sicherheit. Es gab gemeine Hinterhalte, skrupellose Banditen und gekaufte Cops, die bei Überfällen die unbeteiligten Zeugen gaben, dazu das verdammte Licht, kaum Schatten, keine richtige Deckung, nur Drohung und Tempo, Tempo.

Painted Desert Foot Trail nannte sich der Weg, der abwechselnd bergauf und durch schwer einsehbare Senken führte, bevor es wieder runter auf Flusshöhe ging. Vereinzelt reckte sich tapfer ein Gebüsch oder ein Baum in Richtung Himmel, aber der Rest war Stein und Staub und Tod.

So gefährlich war das Leben?

Ora meinte, ja, supersupergefährlich.

Das Leben war ein dreckiger Witz, aber man konnte auch darin umkommen.

Achtung, rief sie. Bäm, bäm. *O my God.*

Das war in etwa der Ton, den sie an diesem Nachmittag anschlug, der Sound der unschuldigen Freude, zu der sie fähig war. Sie war ironisch, sie war sanftmütig, albern, bereit zu jedem *göttlichen* Spiel.

O Mann, sagte sie. Mann, Mann.

Sie boxte mich in den Oberarm und wiederholte, ich sei der irrste Typ, dem sie je begegnet sei.

Aber gelangweilt habe sie sich mit mir noch keine Sekunde.

*

Später, im Wagen, änderte sich ihr Ton. Sie wandte sich wieder mehr nach innen und redete nur das Nötigste, mit einer Beimischung *mädchenhafter* Schroffheit, falls das nicht zu viel gesagt ist, denn eigentlich klinkte sie sich nur kurz aus, wechselte das *Kostüm,* die innere Farbe, als wolle sie sicherstellen, dass ich auch wirklich alles von ihr mitbekam.

Sie ließ mich weiterfahren oder wollte, dass ich weiterfuhr, fürs Erste ohne Musik, ohne den *Song.*

In unserem Song war Mesa ja nicht die letzte, sondern die zweite Station; es würde Abend werden, bis wir dort ankämen. Wir waren spät dran, beinahe in Eile, was Ora zu vielfältigen Klagen ermunterte, über ihre Füße, die lausigen Sandwichs, die wir vor der Weiterfahrt gegessen hatten, dass wir kein Zimmer hatten, dass sie todmüde sei.

Irgendwann schlief sie ein. Sie hörte auf zu reden, sank mit ihrem Oberkörper leicht nach links, in meine Richtung, und seufzte.

Ist es okay, wenn ich kurz die Augen zumache?

Ich hörte, wie sie mit wechselndem Atem in immer tiefere Regionen stieg, sah ihre vage gefalteten Hände, wie sie sich im Schlaf zurechtrückte und dann weg war, eine junge Göttin, die schlief, *Kalliopeia*, die Schönstimmige, oder welche Göttin auch immer in ihr wiedergeboren worden war.

Es fiel mir auf, dass ich danach anders fuhr. Ich reduzierte das Tempo, überholte nur, wenn es unbedingt notwendig war, schlich ewig lange einem silbern glitzernden Milchwagen hinterher und versuchte, nicht zu bremsen – alles, damit Ora im Schlaf nicht erschrak, dass ich sie heil *nach Hause* brachte, wie ich dachte, in der Stille des frühen Abends von A nach B, unter einem fast wolkenlosen Himmel.

Es steckte ein Stück Anmaßung in diesem Verantwortungsgefühl, dass sie mir von wem auch immer *überantwortet* worden war oder sich selbst überantwortet hatte, obwohl sie bestimmt nichts dergleichen gedacht hatte, sondern sich einfach holte, was sie gerade brauchte.

*

Sie schlief über eine Stunde, wechselte mehrfach die Position, versuchte, sich kleinzumachen, was ihr nicht recht gelang, aber sie schlief, in einem sanften Auf und

Ab, einigermaßen behütet, glaubte ich, in sich selbst, in dieser prekären Hülle, die der Körper war, prekär und unantastbar.

Ich fragte mich, was man beim anderen letztlich dauerhaft deponierte. Wahrscheinlich am Ende nicht besonders viel: Geschmacksurteile im Wesentlichen, ein paar Gedanken, die man im Handumdrehen für die eigenen hielt, Spiegelphänomene. Es gab osmotische Prozesse, Imitationen, Angleichungen im Stil, aber in der Hauptsache blieb man als Ich doch mehr oder weniger stumpf, in einer unaufhebbaren Nähe zu sich selbst.

Es war schwere Arbeit, zum anderen durchzudringen, Einlass zu bekommen und selbst Einlass zu gewähren.

Man konnte sich hin und wieder trösten, na gut.

Eine aufgelegte Hand war tröstlich, wenn jemand über deine zitternde Haut fuhr oder dich mit geflüsterten Kühnheiten bestrich.

Ich hatte die Leute in meinen Büchern und Aufsätzen zu belehren versucht. Aber ging es nicht darum, sie zu trösten?

Trösten war das falsche Wort.

Die Leser waren Suchende, sie fürchteten sich, wir alle waren furchtsam Suchende.

Deshalb musste man sich selbst ins Spiel bringen, wenn man zum anderen sprach, in einer Haltung des Erbarmens meinte ich zu begreifen, mit dem offenen Eingeständnis, dass man im Dunkeln tappte und selbst nicht wusste, wie das Leben ging.

Ich wusste es weniger denn je.

Auch Ora wusste es nicht.

Vielleicht würden wir ja gemeinsam anfangen, es zu wissen.

*

Als sie erwachte, war sie in einer wackeligen Stimmung, aufgekratzt und zugleich reuig, als hätte sie als Schlafende wer weiß was angestellt, sich nicht gekümmert, nicht gut auf mich aufgepasst; wenn man zusammen reist, passt man doch aufeinander auf.

Du kutschierst mich seit Stunden durch die Gegend, und ich habe nichts Besseres zu tun, als Baby-Ora zu spielen.

Sie wollte ein letztes Mal den Song hören.

Ich mag ja den Schluss, sagte sie. Das mit den Augen. Was Augen so machen. Die Blicke.

They make me pure.

Dass Conor Oberst es gleich dreimal hintereinander sang, fand sie gut, fand sie merkwürdig. Als sänge er für Schwerhörige, Leute mit verstockten Herzen.

Ich habe kein verstocktes Herz. Ich höre alles ganz genau.

I long to be with you.

Ist es nicht das, was du seit Monaten für mich singst?

Ja, sagte ich.

Singen, flüstern, beten.

*

Bei unserem letzten Hotel handelte es sich um einen der üblichen Kästen, natürlich mit fantastischem Pool, einer Ich-weiß-nicht-was-Bar, das nicht sonderlich große Zimmer hinten raus, sehr ruhig und mit Balkon.

Wir hatten Mühe gehabt, etwas zu finden, und stellten nur kurz unser Gepäck ab, aßen halbwegs passabel bei einem Mexikaner und stromerten bei Temperaturen an die dreißig Grad durchs Zentrum, hatten zu nichts Lust, um dann in einem schwach frequentierten Billardladen zu landen, wo es lausigen kalifornischen Merlot gab und alles von Neuem passte.

Sonderlich begabt waren wir beide nicht. Wir hatten seit Ewigkeiten nicht gespielt, Ora erst ein einziges Mal, aber es machte Spaß, ihr zuzusehen, wie sie ihren Queue mit blauer Kreide präparierte, wie sie mit der weißen Kugel anstieß und vor Freude hüpfte, wenn sie zwei Treffer hintereinander gelandet hatte.

Das erste Spiel gewann ich, das zweite sie.

Da wir so selten trafen, zogen sich die Partien ewig hin; zwischendurch bestellten wir neuen Wein, setzten uns kurz hin, bevor wir weiterspielten, in der Hoffnung auf Fortschritte, die aber ausblieben, und so hörten wir irgendwann einfach auf.

Ora drehte den Queue zwischen den Handflächen und sagte: Ich glaube, ich brauche eine zweite Reise.

Nein, nicht so, sagte sie. Ist dir klar, dass ich in Zukunft nur noch mit dir reisen kann?

Sie war leicht betrunken, als sie das sagte, womit ich nicht behaupten will, dass sie es nur deshalb sagte. Ora stellte Dinge manchmal so hin, probierte sie dadurch aus, was ist der Fall, was nicht, wie kann ich nur herausfinden, was der Fall ist?

Sie legte ihre Hand auf mir ab und sagte, dass sie jetzt gerne ginge, das Hotel lag ja nur wenige Minuten entfernt.

Bitte, sagte sie.

Ich mochte es sehr, wenn sie mich um etwas bat; es kam nicht oft vor, aber wenn, dann mochte ich es sehr, den sanft-bestimmten Ton, den sie dann anschlug, obwohl es meistens um Kleinigkeiten ging.

Ich weiß noch, wie ich mir sagte, dass ich vielleicht doch alles richtig gemacht hatte, mit ihr, mit mir, meine Fehler und das Wissen um die Vergeblichkeit eingeschlossen, später, auf dem Balkon, als wir eine rauchten, still und heiter, als wäre der Rest eigentlich egal, und genau das war er.

Ich hatte bekommen, was zu bekommen war, ergattert, erbeutet, unter der Berücksichtigung der Tatsache, dass auch sie sich hoffentlich ihren Teil genommen hatte, ich meine, in gewissem Sinne plünderte man sich ja gegenseitig immer ein Stück weit aus.

zwölf

Mesa

Am nächsten Morgen hatten wir unseren ersten Streit, eine kleine Misshelligkeit, wie sie auf Reisen vorkommt, so zumindest sah es aus, aber dann wurde es ein richtiger Schlagabtausch, eine Offenbarung, wie ich im Nachhinein sagen möchte, denn bei Streits kommt ja regelmäßig alles zum Vorschein.

Unter Umständen spielte es eine Rolle, dass das Zimmer so hässlich war, dass wir uns nicht wohlfühlten, dass es der vorletzte Tag war und wir nicht recht wussten, was wir mit ihm anfangen sollten.

Keine Ahnung, was ich zu ihr gesagt hatte.

Ich sagte etwas, und sie war genervt.

Lass mich einfach in Ruhe, sagte sie. Kannst du mich ausnahmsweise in Ruhe lassen?

Ich dachte, okay, Ora hat schlechte Laune, sie sucht Streit, das *ausnahmsweise* ist ein Angebot, mich über sie zu ärgern, aber ich möchte mich nicht ärgern.

Ich machte Kaffee und fragte: Schlechte Nacht?

Na klar, sagte sie. Super Erklärung. Verstehst du auch mal nichts?

Worauf ich erwiderte: Ja, jetzt. Denn ich kapierte überhaupt nichts.

Weich mir nicht aus, sagte sie.

Sie funkelte mich vom Bett her zornig an, fast empört, wie eine Schauspielerin, dachte ich, denn teilweise schien sie zu schauspielern, mit einem Hauch Experimentierlust, wenn es das trifft, als würde sie hier kurz etwas probieren, das uns bislang gefehlt hatte, ihr oder mir oder uns beiden, und sich nur im Modus des Angriffs herstellen ließ.

Ich fragte, was ihr über die Leber gelaufen sei. Ob ich etwas verpasst hätte.

Darauf sie: Aber nein, du hast ja immer alles im Griff. *Ich wüsste nicht, was ich falsch gemacht habe mit ihr.* Nicht wahr, das denkst du doch? Die arme kleine Ora, sie braucht so dringend ein bisschen Liebe, nur leider ist sie in Liebesdingen eine Vollidiotin, aber das bringe ich ihr bestimmt noch bei.

Jetzt machte es allmählich Spaß. Ich wurde wütend, und es machte Spaß, wütend auf Ora zu sein.

Nun pass mal auf, sagte ich.

Würdest du bitte endlich still sein, bitte?

Es klang wie ein Zitat, ein stöhnend vorgebrachtes *Musst-du-immer-das-letzte-Wort-haben; sag-mir-was-du-wirklich-von-mir-denkst-oder-halt-die-Klappe.*

Darauf ich: Du bist ein Feigling. Ein gottverdammter Feigling bist du.

Besserwisser, sagte sie.

Du tust nur so, als ob. The great pretender.
Scheißkerl, sagte sie.
Du möchtest ungeschoren davonkommen. Man kommt aber nicht ungeschoren davon.
Alles nur Worte, sagte sie. Ich bestehe nur aus Worten für dich.
Was willst du eigentlich von mir?
Haha, machte sie.
DAS FRAGT DER RICHTIGE.

*

Es wurde ein schöner Fight, voller Winkelzüge und Gemeinheiten, die zugleich Zärtlichkeiten waren, und tatsächlich mussten wir zwischendurch lachen, nahmen Sätze zurück oder fügten welche hinzu: Nein, so ist es nicht, es ist anders, so ähnlich und doch anders, wie kannst du das über mich denken, um Himmels willen, nein.
Ich hasse Streits, sagte sie.
Sie gestattete sich einen Anflug von Lächeln, bestellte einen zweiten Kaffee, weiterhin mit einem Rest Zorn, einem Rest Botschaft, den es zu formulieren galt, so verschwommen sie auch blieb, oder die Botschaft war, dass man streiten können muss; wir können miteinander streiten, also sind wir wieder einen Schritt weiter.
Streiten war eine Demonstration von Wertschätzung, meinte ich zu verstehen, ein Versuch der Begrenzung wie der Einfriedung: Ich weise dich in deine Schranken

und lasse dich zugleich wissen, dass ich dir nicht ausweiche; ich bleibe und betrachte auch dich als bleibend.

Am Ende lief es darauf hinaus, dass sie mir erklärte, was für kaputte Typen wir seien.

Sie sagte nicht direkt kaputt, eher so etwas wie *schräg*, schräg im Sinne von unzuverlässig, Leute, auf die man sich nicht verlassen konnte. Ab und zu ein bisschen, in guten Momenten, und gute Momente habe es die Tage ja erstaunlich viele gegeben.

Ich verstand nicht recht, worauf sie hinauswollte.

Ich will auf gar nichts hinaus, sagte sie.

Schräge Typen, na ja.

Ich glaube, es geht dir vor allem darum, mich zu besiegen.

Nein, sagte ich. Oder doch, ja. Vielleicht. Wenn ich könnte, ja.

Aber Ora konnte man nicht besiegen.

Sie ließ sich fallen, wenn sie ausnahmsweise eine Runde verlor, sie zeigte ihre *Kehle*, klopfte zum Zeichen ihrer Niederlage ab, doch letzten Endes handelte es sich um Finten, kurzfristige Manöver, die verschleierten, dass sie immer schon woanders war, in einem neuen Versteck, wo sie heftig atmend am Boden kauerte und wartete, bis die Gefahr vorüber war.

Ja, so ungefähr, sagte sie.

Ora, die Versteckspielerin.

Wahrscheinlich sei es ja an der Zeit, dass sie mir sage, wie sie zu mir stehe.

Wir lagen nebeneinander im Bett, im frühen Licht des neuen Friedens, ansatzweise amüsiert, in einem Zustand anhaltender Wachsamkeit, im Stand-by-Betrieb, sagen wir mal, zu allem Möglichen bereit und wieder nicht.

Oh, ganz schlimm, sagte sie. Richtig, richtig schlimm und fast ohne Wenn und Aber.

Ich fand, das könne sie ruhig mal sagen.

Du lässt einfach nicht locker. Sogar das mag ich manchmal. Wie du mich immer wieder aufspürst und in die Ecke stellst. Manchmal mag ich sogar das.

So schlimm bin ich?

So schlimm, genau.

*

Für das Frühstück waren wir zu spät. Ich möchte fast sagen: zum Glück, denn nach den Innerlichkeiten des Morgens hatten wir beide ein Bedürfnis nach Welt, dem bunten, quirligen Drumherum, nach Licht und Farbe und der Gesellschaft von Leuten, die da draußen herumspazierten und wichtige Sachen zu erledigen hatten.

Ich hatte nicht das Gefühl, dass ein Schaden zwischen uns entstanden war. Im Gegenteil: Kaum hatten wir das Hotel verlassen, knüpften wir mühelos an die Stimmung der letzten Tage an, mit einem Schuss Verwunderung, einem luftigen Ernst, könnte man sagen, als hätten wir es gerade zum ersten Mal miteinander getan und kehrten nun kopfschüttelnd und einverstanden zu den einschlägigen Szenen zurück.

Unser Hunger jedenfalls war gewaltig. Auch das war irgendwie postkoital, eine körperliche Reaktion auf das Wagnis, das wir eingegangen waren und bestanden hatten, denn so sah ich es, und Ora sah es augenscheinlich genauso.

Sie plädierte für ein Burgerfrühstück, richtig mit allem Drum und Dran und einem ersten Bier, denn anders war es hier in Mesa doch kaum auszuhalten.

Ihr Vorschlag beim Essen war, dass wir uns mit Mesa nicht weiter aufhielten. Sie wollte in ein anderes Hotel, am besten draußen in der Wüste, irgendwie ziehe es sie ja in die Wüste.

Sie stöberte eine Weile im Netz, denn das, wie gesagt, liebte sie, mit ein paar Klicks den unbekannten Raum durchforsten und herausfinden, ob da etwas Interessantes war, schräge *locations*, die örtlichen *hotspots*, aber in einer Geschwindigkeit, dass es ein Spiel mit dem Zufall blieb.

Aber jetzt hatte sie was.

Okay, das machen wir, sagte sie. Vertraust du mir? Kannst du deiner Ora ausnahmsweise vertrauen, ja oder nein? Es klingt ganz witzig.

Ich fragte, ob bereits nähere Einzelheiten bekannt seien.

Nachrichtensperre, leider, sagte sie. Für Details sei es leider zu früh. Außerdem sollst du endlich anfangen, dich auf mich zu verlassen.

Bitte – danke.

*

Ich habe, wie gesagt, kein großes Talent zum Beten, aber als wir eine Stunde später die Wüste durchfuhren, breitete sich ein Gefühl fassungsloser Frömmigkeit in mir aus. Hier mussten die allermächtigsten Götter am Werk gewesen sein, große Regisseure, die etwas von Räumen und Beleuchtung verstanden, dem Wechselspiel von Flachem und Erhabenem.

Ich könnte schreien, sagte Ora.

Dauernd mussten wir auf etwas zeigen, die seltsamen Steinformationen, die mal wie Burgruinen und mal wie tote Tierleiber aus der gebleichten Ebene aufragten, Elefantenkadaver, ruinierte Gebisse von Mammuts oder Teile von Gebissen, alles im tobenden Licht des frühen Nachmittags.

Es war großartig, und es war unerträglich: dieser Stolz, mit dem sich uns die Landschaft präsentierte, ihre absolute Schönheit, die ebenso offen wie unnahbar war, als wäre es eigentlich verboten, sie zu sehen, eine Art Frevel, ein verbotener Verkehr mit dem Gott Baal, der einen zu blinder Unterwerfung und Götzendienst verurteilte.

Man sah und dachte: Wie kann es sein, dass ich das sehen darf?

Und zugleich dachte man: Es ist nicht möglich, es zu sehen, man ist zu klein dafür, man bekommt es einfach nicht zu fassen, hie und da eine Fußnote vielleicht, einen göttlichen Schatten aus Rot und Orange, während der Rest für immer im Dunkel bliebe.

*

Es dauerte eine Weile, bis wir uns daran erinnerten, weshalb wir uns auf den Weg gemacht hatten. Ora wollte weiterhin nicht damit herausrücken, es sei etwas für *Freaks*, was nicht bedeute, dass sie daran glaube; lustig klinge es.

Sagen wir so: Es geht um Ufos. Eine verlassene Ufo-Stadt aus den Siebzigern, Achtzigern, in der merkwürdige Dinge geschehen, Auftritte von Geistern mit mehreren Armen und viel zu langen Hälsen.

Wow, sagte ich.

Sie ging noch mal ins Netz, wo ein Fan zusammengetragen hatte, was dort angeblich regelmäßig geschah: paranormale Vorgänge, na gut, schwebende Körper, Schreie aus dem Nichts, dazu Treffen von Leuten, die satanistischen Ritualen huldigten, Tier- und Menschenopfer inklusive.

Herrlich, sagte ich. Gibt es bestimmte Zeiten, an denen die Vorführungen stattfinden?

The Weird Abandoned Domes of Casa Grande.

Ora gab die Adresse in das Navigationsgerät ein, spielte *Motion Sickness* und *Theme To Piñata*, während wir weiterhin die Wüste bestaunten und so noch mal richtig reinkamen, als hätten wir mit dem Reisen soeben angefangen und mindestens eine weitere Woche vor uns.

*

Schon aus der Ferne war zu erkennen, dass es keine Stadt war. Es handelte sich um eine Ansammlung von *domes*, die tatsächlich wie fliegende Untertassen aussahen, retro-futuristische Ruinen, in mehreren kurzen Ketten angeordnet und nur eine solo, ungefähr in der Größe eines Tennisplatzes, in einem schmutzigen Sandgelb gestrichen, und überall blätterte der Putz ab.

Wir gingen eine Weile herum, rein und raus und wieder rein, wo ebenfalls alles in ruinösem Zustand war, an den Wänden rundherum Graffiti, auf dem Boden der Müll der letzten Jahrzehnte, nur aus kleinen Bullaugen kam ein wenig Licht.

Und hier sollten all die komischen Sachen passieren?

Außer uns waren etwa ein Dutzend Leute da, die wie wir einen ratlos-amüsierten Eindruck machten, Touristen von der Ostküste, ein Paar aus Litauen, das nach Feuerstellen suchte, Spuren vergangener Auftritte, den versprochenen Absonderlichkeiten, doch es war nichts Verdächtiges oder Verheißungsvolles zu entdecken.

Ora gefiel es trotzdem.

Die Geister interessierten sie nicht besonders, sie dachte über Ufos nach, Aliens, die mit wirklichen Ufos unseren Planeten besuchten und gelegentlich jemanden mitnahmen und noch gelegentlicher zurückbrachten.

Ich persönlich würde ja lieber bleiben, sagte sie.

Irgendwo da draußen, wo niemand sie kannte und sie von vorne anfangen könnte.

Das fiel ihr dazu ein. Einfach nur weg, an den Rand der übernächsten Galaxie, angeblich gab es ja Hunderte oder Tausende davon.

Wir saßen in einer der Hallen zwischen Licht und Schatten am Boden und stellten uns beim letzten Schluck Wasser das Leben auf anderen Planeten vor.

Von hier mitnehmen würde sie schon mal nichts. Na gut, Jasper würde sie mitnehmen, falls er einverstanden wäre, ihre Schminksachen, ein paar DVDs.

Ob es so etwas wie *Netflix* dort gab?

Mehr glaubte Ora nicht zu brauchen. Sie brauche ja überhaupt sehr wenig, und jetzt stand sie hier inmitten dieser lächerlichen Ruinen und dachte über das Abhauen nach, das Reden, warum man eigentlich dauernd redete.

Vielleicht gab es ja Orte da draußen, wo man sich auch so verstand, telepathisch oder um welchen Vorgang es sich auch immer handelte, oder es gab nicht mal einen Vorgang, sondern man war einfach da und in Gesellschaft irgendwelcher anderer und konnte die ganze Zeit schweigen.

Das war in etwa, was sie sich wünschte, im Spaß und wieder nicht, unter dem Eindruck dieser steinernen Untertassen, die ich eher mit ihren berühmten Höhlen in Verbindung brachte.

*

Es war weiterhin unangenehm heiß, allmählich hatten wir genug, waren gelangweilt, leicht erschöpft, von den Eindrücken mehr als von den Temperaturen, ich brauchte eine Pause, ein, zwei Stunden am Pool, einen ersten Drink.

Komm, wir suchen uns ein Hotel.

Ja, Hotel, sagte sie. Warte.

Sie wollte noch fotografieren, machte aber keine Anstalten aufzustehen, wippte mit den Füßen, kippte sie zur Seite weg, rieb sie aneinander.

Ich weiß auch nicht, sagte sie.

Sie hatte vergessen, Jasper anzurufen, denn Jasper hatte sie nur mit dem Versprechen ziehen lassen, regelmäßig anzurufen.

Wenn etwas ganz toll ist, rufe ich dich sofort an.

Ich mach das eben kurz, sagte sie.

Ich schaute ihr zu, wie sie mit ihrem Handy Richtung Ausgang ging und dann doch blieb, von innen gegen die Türöffnung gelehnt zu sprechen begann, erst ihre Mails checkte und danach zwei, drei Minuten telefonierte, mit Jasper oder ich weiß nicht wem.

Ich hatte in den zurückliegenden Tagen kein einziges Mal telefoniert, wegen einer Terminsache gemailt, aber mich sonst nur vergewissert, dass es keine Katastrophen gab, keine Nachrichten von Lynn, was für mich offenbar dasselbe war.

Sonst erwartete ich keine Katastrophen mehr. Die Zeit der Katastrophen war vorbei, ich hatte das postapokalyptische Stadium erreicht, dachte an das, was vor mir lag, Dinge, die ich nach meiner Rückkehr tun musste oder denen ich mich mit Freuden zuwenden würde, die Wohnung einrichten, neue Bettwäsche kaufen, Lampen, Bilder für die Wände.

Während Ora weiterhin darauf beharrte, hier und nur hier zu sein, kehrte ich schon mal zurück.

Zu meinem Erstaunen konnte ich das.

Ich war – das war als Überlegung überraschend – viel gefasster als sie, gleichgültiger, gefügiger, weniger aufsässig; was immer die Götter mit mir noch anstellten, ich würde alles ohne Bedingung akzeptieren.

Ging es bei der Arbeit des Lebens nicht darum, irgendwann keine Bedingungen mehr zu stellen?

Ich war dankbar, dass ich sie getroffen hatte, und mehr brauchte es am Ende nicht.

Sie stand dort drüben, in einem begrenzen Areal aus Licht, erfüllt mit Bedeutsamkeit, dachte ich, jemand, der zugleich verständlich und unerforschlich war, ein Wesen aus Fleisch und Blut, sterblich und gewöhnlich, in Maßen berechenbar, wenn ich die Erfahrungen mit ihr zusammenfasste, aber vielleicht war es ja kleinlich, Dinge zusammenfassen zu wollen.

*

Das *Comfort Inn* war ein Schuppen wie der in Mesa, nur dass er mitten in der Wüste lag. Und es war doch ziemlich *cool*, mitten in der Wüste in einem Pool zu plantschen, wie Ora fand – mitten in der Wüste war im Prinzip alles *cool*, der erste Drink, die Aussicht auf das Essen, den Sonnenuntergang, das Bett, das Ora freundlicherweise erwähnte, tatsächlich schauten wir uns den Sonnenuntergang im Bett an.

Und jetzt bitte nicht mehr sprechen.

Nein, sagte ich.

Das Ziel der Reise, der Ertrag war, dass wir anfingen zu schweigen; ich meine, dass wir das konnten, dass es angenehm war, die überwiegende Zeit jedenfalls, wenn weder sie noch ich daran dachten, dass der Urgrund des Schweigens die Verzweiflung war, aber *scheiß* auf die Verzweiflung.

Das meiste hatten Ora und ich uns ohne Worte mitgeteilt, durch Schweigen, die Lücken im Text, der ja dauernd fortgeschrieben wird und letztlich wenig bedeutet, ungefähr so wenig wie bei einer therapeutischen Sitzung.

Man lag jahrelang auf der Couch und bastelte Sätze, die auf namenlose Schmerzen oder Glückszustände verwiesen, und am Ende behielt man die Erinnerung an eine Stimme, den *Sound*, die Tonalität, den Wärmegrad, falls es darauf ankam, und in Wahrheit kam es ja immer nur darauf an.

Man redete, aber das Bedeutsame spielte sich in anderen Regionen ab, weshalb es kein rechtes Ergebnis zu geben schien; außer dass da eine Verbindung war, ein gewisses Einverständnis, ein Getragenwerden, für eine gezählte Zeit, wofür man sich beim anderen nur bedanken konnte, bei den Göttern, dem Schicksal, wem auch immer.

Na ja, so ungefähr.

Womöglich würde ich ja noch fromm in den verbleibenden zwei Tagen, ein fanatischer Renegat des Lebens, der alles von sich abtat, seine schmutzige Seele, den ganzen Vergangenheitskram, den Unrat des Immernur-Wollens, an der Seite dieser sterblichen Schweigenden, die mich gerettet hatte und also auch wieder gehen durfte, gerade wie es ihr gefiel, so auf diese spazierend wachsame, unaufmerksame Art, die ihr eigen war.

dreizehn

Mesa – Los Angeles
(313 miles, 4 hours 56 mins)

Ich bin ja eher ein Morgenmensch. Die ersten Stunden des Tages sind meine Zeit, denn dann denke ich durch und durch optimistisch, schaue unverzagt in Richtung Zukunft, zu allem bereit, wobei ich in fast kindlicher Naivität unterstelle, dass umgekehrt die Welt zu allem bereit ist, die Menschen, Gegenstände, dass sie sich drehen und wenden lassen, so wie ich von ihnen gedreht und gewendet werde, im Modus wechselseitigen Einvernehmens.

Alles, was ist, scheint in diesen frühen Morgenstunden zu existieren, damit ich mich mit ihm beschäftige, mich ihm anverwandele, es modele, es beleuchte, bewegungslos verehre oder von mir weise.

Es war unser letzter Tag, aber als Optimist des Morgens kümmerte mich das nicht groß.

Ora schlief.

Ich hätte sie wegtragen können, so sehr schlief sie, ein atmendes, auf die Versorgung mit Sauerstoff angewiesenes Geschöpf, sehr still, mir halb zugewandt und doch auf fast empörende Weise auf sich selbst bezogen, auf ihren Atem, das Rauschen ihres Blutes, falls es dieses Rauschen gab, das Arrangement ihrer inneren und äußeren Organe, die zum Teil arbeiteten und zum Teil mitschliefen und mir vereinzelt bekannt waren oder nicht.

Ich weiß nicht, ob ich das hier richtig sage, aber sehen Sie, nichts davon war mir etwa nicht recht oder gar lästig, sondern es war – ich wiederhole mich – der Kern meiner Erfahrung mit ihr: dass sie sich hergab und zugleich unverfügbar blieb, nie zuverlässig am Platz war und sich doch jeweils für eine gewisse Zeit bemühte, das eine oder andere zeigte und den Rest für sich behielt.

Und das war in Ordnung so. Das war Ora. So und nicht anders wollte ich sie. Und wie man das dann nannte, war mir egal.

Spielte es eine Rolle, welchen Namen man den Dingen gab oder auch: welchen Grad der Versehrung jemand hatte, sie oder ich oder wer immer?

Lieben war Drecksarbeit, eine elende Plackerei.

Ich glaube, das mochte ich daran, dieses nicht enden wollende Gezerre und Geziehe und dass man praktisch nie die richtigen Werkzeuge zur Hand hatte und eigentlich nur pfuschte und probierte und anschließend schaute, was geworden war oder weiterhin wurde, sich demnächst erst herausstellte, entpuppte, aus etwas herausschlüpfte, glibberig und zitternd wie die Liebe nun mal war.

*

Als Ora erwachte, schien sie vorübergehend nicht zu wissen, wo sie sich befand, unter welchen Umständen sie sozusagen am Leben war, mehr versponnen traumgesteuert oder nackt und real, umgeben von wirklichem Licht und der Präsenz der Dinge drinnen und draußen, wo weiterhin die Wüste war.

Bin ich etwa schon wach?

Scheiße, sagte sie.

Sie wollte nicht wach sein.

Heute würde sie einfach nicht wach, erklärte sie, drehte sich weg, zog die Decke über den Kopf, tauchte wieder auf und wieder weg und wieder auf.

Müssen wir los? Sag nicht, dass wir schon losmüssen. Sag Nein. Könntest du ausnahmsweise richtig *Nein* zu mir sagen?

Nein, sagte ich.

Darüber lachte sie.

Ich liebte es, wenn sie lachte, denn niemand konnte so herzhaft, so von Grund auf lachen wie Ora. Wenn sie lachte, wie soll ich sagen, war sie in gewissem Sinne *mein*, dann überließ sie sich, stellte keine Bedingungen, außer der, dass ich sie gefälligst immer weiter zum Lachen brachte.

Ich habe einfach keine Chance gegen dich.

So soll es sein, sagte ich.

Außerdem bekomme ich meine Tage. Ich bleibe einfach hier.

Gut, sagte ich.

Und sie: Ich bin unausstehlich, wenn ich meine Tage habe.

Düster, meinte sie.

Aber ich mochte diese Sachen ja. Dunkle, von Monden gesteuerte Vorgänge, die mit noch dunkleren Vorgängen verbunden waren.

Sie sagte noch einmal Scheiße, lächelte, so auf eine mädchenhaft entschuldigende Art, weil sie dauernd Scheiße sagte, wie eine unschuldige Lügnerin, ansatzweise beschwert, gedämpft, weniger zappelig, als ich gedacht hätte, als habe sie vor, sich in alles Weitere zu fügen.

Frühstück, Packen und los?

Es lag ein Rest Bettelton in ihrer Frage, ein Fitzelchen *Warum-sind-die-Dinge-bloß-so; können-sie-nicht-ausnahms-weise-so-sein-wie-wie-ICH-sie-will*, aber kurz darauf schüttelte sie den Morgenjammer ab und sagte: Okay, Frühstück, Packen, los.

*

Wir hatten einen Abendflug gebucht und netto fünf Stunden Fahrt vor uns, mussten den Wagen zurückgeben, durch die Kontrollen, doch wenn nichts Außergewöhnliches passierte, war es ohne Probleme zu schaffen, was Ora leise bezweifelte.

Also, eine Entführung durch Aliens, meinte sie, wäre jetzt schon blöd.

Offenbar hatten wir beide beschlossen, die letzten Stunden beiläufig *vergnügt* zu sein, und womöglich war das ja die erste Bilanz, unser Einverständnis in der Sache, dass es darum ging, immer weiter *vergnügt* zu sein.

Wir hatten gut Farbe bekommen, waren ein wenig gegerbt von den kalifornischen Winden und Salzen, waren *relaxed* und hatten mindestens dreizehn Prozent weniger geraucht, einiges an Gewicht zugelegt, an Weisheit und Verständigkeit, hoffte ich, alles im Grammbereich natürlich, denn nach physikalischen Maßstäben hat dergleichen kaum Gewicht, die komplette Seele wiegt ja angeblich gerade ein, zwei Gramm.

Von der Fahrerei, das muss ich sagen, hatten wir inzwischen genug, egal, wer von uns beiden fuhr oder auf dem Beifahrersitz saß und sich durch Oras *Bright-Eyes*-Liste arbeitete, die aus gut hundert Titeln bestand, von *Another Travelin' Song* bis zu *You Will. You? Will. You? Will. You? Will.*

Vielleicht hören Sie bei Gelegenheit rein, die sanfte Stimme von Conor Oberst, so Sie ihn nicht kennen, ist wirklich ein Erlebnis.

Anfangs waren es für mich nur irgendwelche Songs gewesen. Ich bekam nicht sonderlich viel mit, die Stimme, klar, ab und zu einen Fetzen Text, die Gitarre, die Bläserarrangements, bevor nach und nach alles zusammenwuchs, gewissermaßen *städtisch* wurde, eine Ansammlung von Hütten, *domes,* in die man mühelos hinein- und herausschlüpfte und sich doch immer in ein- und demselben Kosmos bewegte.

Hier war Ora zu Hause.

Sie kannte jeden Winkel dort, Keller und Dachböden, die Struktur der Fassaden, die Ausblicke, dunkle und helle Stellen, zu denen sie mehr oder weniger nur nickte, sich kurz niederließ und wiedererkennend nickte, ach du, genau, von welchem Album war der Song noch gleich, und anschließend traumwandlerisch zum nächsten und übernächsten zog.

*

Ora hatte die ersten eineinhalb Stunden übernommen. Sie kutschierte uns noch einmal durch die staunenswerte Wüste und dann weiter nach Mesa, das im Westen zu Phoenix wurde, einem Phoenix-Mesa-Gemisch, und danach gab es den letzten Rest Arizona mit gebleichten Landschaften und versengten Himmeln, bevor es zurück nach Kalifornien ging.

Das Kalifornien der *Interstate* 10, will ich sagen, was bedeutete, dass wir von Kalifornien nicht weiter viel mitbekamen; man konzentrierte sich auf das Geschehen auf der Fahrbahn, Überhol- und Bremsvorgänge, vereinzelt einen schrägen Lkw, die Leute in den SUVs, winkende Kinder vor einem neuen Häppchen Landschaftshintergrund.

Ich schaute Ora beim Fahren zu, ihren Händen, wie sie das Lenkrad hielt, wie sie die Schwenks anging, beschäftigte mich mit den winzigen Verschiebungen im Stoff ihres Rockes, einem Fetzen Geruch von ihr, ihrem Gesumme.

Oft streifte ich nur so über sie hin, dann wieder versuchte ich mich zu vertiefen, als wolle ich mir noch die kleinste Kleinigkeit für immer merken, obwohl ich jederzeit wusste, dass das unmöglich war. Es würde alles nur Stückwerk bleiben, verstreutes, brüchiges Material, ein paar leuchtende Details, aber sonst nur unverbundenes Durcheinander, ein vages Wissen, wie es sich anfühlte, mit ihr das Zimmer zu teilen, in ihren Dunkelheiten zu sein, ihrer Fülle.

*

Bis zur Hälfte waren wir gut im Plan. Wir machten zweimal Pause, um zu wechseln, tankten das letzte Mal, erfreuten uns zum letzten Mal am amerikanischen Kaffee und rissen in Fünfzigerschritten die Meilen, Kilometer bis Los Angeles herunter.
So fühlte es sich an.
Wir erinnerten uns an die Fahrt mit Evelyn und Dave, das Essen, die Katzen in Evelyns Zimmer, wie komisch das gewesen war, wie bizarr, wie erfreulich, fügte Ora hinzu.
Diese Katzen, echt, sagte sie.
Sie stellte sich vor, wie es wäre, eine Katze zu haben. Bekam man die nicht im Tierheim?
Ach, wie süß. Wollt ihr mit der tollen Ora ein neues aufregendes Leben anfangen?
Sie boxte mich in den Arm.
Ich finde, ich bin wahnsinnig aufregend. Und auch zuverlässig. Bodenständig. Findest du mich etwa nicht zuverlässig?
Na ja, sagte ich.
Würde es dir etwas ausmachen, ich mit Katze? Oder besuchst du mich dann nicht mehr?
Das müsste ich mir allerdings überlegen.

Bitte, bitte. So ein süßes Kätzchen.

Pass auf, da vorne, sagte ich, denn da vorne schien es plötzlich nicht mehr weiterzugehen, wir kamen eben noch rechtzeitig zum Stehen.

*

Es dauerte, bis wir es nicht mehr lustig fanden.

Wir lagen weiterhin im Plan, die ersten drei Staus hatten wir glücklich hinter uns gebracht, aber wenn das so weiterging, würde es, na ja, schwierig, knapp, ohne Zweifel stressig.

Wir begannen zu überlegen, was im Falle des Falles wäre, Hotel am Flughafen, neuer Flug am Morgen, falls es von jetzt auf gleich neue Flüge gab, allein der Gedanke machte mich verrückt.

Mich mehr als Ora.

Ora konnte sogar Witze darüber machen: Vielleicht war es ja gut, wenn wir unsere Maschine verpassten, denn vielleicht stürzte sie ja ab, und dann säßen wir zum Glück in einer anderen. Oder diese andere stürzte ab, dann wäre es natürlich wiederum besser, diese gottverdammte Blechlawine würde sich langsam in Bewegung setzen.

Haha, machte sie.

Mein Bauch tut so weh. Aua, aua, aua.

Zwischendurch krümmte sie sich vor Schmerz, versuchte sich unter den Wellen wegzuducken, während wir von einem Stau in den nächsten gerieten, Baustelle, Unfall, Baustelle, ein umgekippter Lkw, halb in einem Feld liegend, zwischendurch Passagen, in denen es einigermaßen lief, wir ein bisschen aufholten, bevor es wieder stockte.

Aua, aua, aua.

Von dem, was drumrum war, nahmen wir nicht mehr viel wahr. Palm Springs, na gut, nur was kümmerte uns Palm Springs, der Großraum von L.A., aha.

Wir waren völlig blind dafür. Fenster und Türen waren geschlossen, jetzt – das war seltsam und doch in der Logik der Reise – ging es nur noch darum, von hier *weg*zukommen, ab in die Lüfte und nach Hause.

*

Natürlich schafften wir es. Am Ende hatten wir sogar einen Puffer, ein schwer zu verwertendes Stück Zeit, das wir in einem Winkel des Kaufhauses verbrachten, das heutzutage ein Flughafen ist.

Wir kauften zwei Stangen Zigaretten, bestellten Brownies, dazu Kaffee aus einer italienischen Maschine, heiß und angenehm bitter.

Ora wirkte nicht sonderlich erfreut, geschunden, dachte ich, leicht genervt, obwohl sie sich nicht weiter dazu äußerte, einmal länger wegblieb, nur deshalb kam ich darauf.

Vielleicht würden wir ja eines Tages zusammen alt, dachte ich. Wenn das Leben oder die Liebe weniger auf Vorgänge der Übereignung und Auslieferung aus wäre, sondern es um das Leben selbst ging, die damit verbundenen Formen der Tapferkeit, wenn Dinge, Körper zerbrechlich wurden und es galt, einander aufzuhelfen, sicher die Treppe hinabzugeleiten oder hinaufzuschieben, wenn es um das wechselseitige Tragen und Ertragen ging.

Sonst fiel mir nicht mehr viel ein.

Ora fiel der Flug ein, die Zeit.

Wenn wir jetzt am Abend losfliegen und am nächsten Abend ankommen, ist es dann durchgehend Abend, weil wir nach Osten fliegen, haben wir dann vierundzwanzig Stunden Sonnenuntergang?

So müsste es doch sein. Eventuell ja. Eigentlich klang das logisch.

Als würde die Zeit stehen bleiben, sagte sie. Die Zeit ist ja sonst nicht besonders verlässlich, meistens macht sie komische Sachen, trödelt, rennt, ist gar nicht da, plötzlich wieder doch.

Ach, Ora.

Beim Vögeln gefällt sie mir ja am besten, sagte sie. Dann ist sie irgendwie so hüpfig-ausgelassen, wie ein Mädchen, das seilspringt und in Gedanken völlig woanders ist, etwas summt, aber überhaupt nicht merkt, dass es summt.

Diese summende Form von Zeit meinte sie.

Nein?

*

Und dann flogen wir.

Diesmal *glaubte* ich, dass sie neben mir saß, dass sie nicht im letzten Moment aus dem Flugzeug stürzen würde, sondern hier, in Reihe irgendwas, *am Platz* war, auf eine Art gefesselt, gegurtet, aber am Platz, mit den dazugehörigen, zugewiesenen Radien, ein paar Stunden lang.

Wir bestellten zwei Whisky Sour, nippten, prosteten uns zu und grinsten müde, wie ein Verbrecherpärchen auf der Flucht, obwohl es ja zurück ins alte bescheuerte Leben ging.

Wir hatten in zwölf Tagen dreieinhalbtausend Kilometer zurückgelegt, miteinander geschlafen, geredet, gegessen, im Wagen die von Conor Oberst vorgegebenen Strecken absolviert und dann für Stunden beinahe überhaupt nichts getan, getrödelt, gewartet, was auch immer.

Wir waren zusammen unterwegs gewesen, was ja den Schluss nahelegte, dass wir uns nach *vorne* bewegt hatten, obwohl die meisten Reisen bekanntlich im Kreis verliefen; man fuhr irgendwo los und kehrte nach einer gemessenen Zeit genau dorthin zurück.

Ora sagte: Nach diesen Tagen werde ich mich mein Leben lang sehnen.

Ora fand Sehnsucht natürlich toll, als inneres Spannungsphänomen, glaube ich, gelungene Reisen im Kopf. Etwas oder jemand war weit weg an einem Punkt B und man selbst am Punkt A, aber indem man sich sehnte, kam man jederzeit mühelos zu diesem Jemand oder Etwas hin oder zog das, was an Punkt B war, zu sich her.

Ich glaube, sie mochte die Energie des Wünschens. Wer wünschte, suchte den Clinch mit dem Leben, klar, lief aber zugleich Gefahr, das Wünschen für das Leben zu halten.

Vielleicht sollte ich darüber ja schreiben, über die Sehnsucht als Freund und Feind des Lebens.

*

Danach war nicht mehr viel. Wir dösten, ruckelten uns in unseren Sitzen zurecht, versuchten es jedenfalls, immer noch in körperlichem Kontakt, verschiedenen Kopf-an-Schulter-Kombinationen, irgendwo ruhenden Fingern, Händen, mehr geschwisterlich als erotisch, im Zustand ungewisser Ruhe.

Mal wachte sie auf, mal ich.

Gegen Morgen sagte ich zu ihr: Lass uns die Tabletten wegschmeißen.

Ja, echt? Meinst du? Gut, sagte sie.

Ausschleichen oder wie man das nennt. Wie dein neues Kätzchen. Tapp, tapp, und dann auf zu neuen Ufern.

Morgens gegen fünf.

Als sie zwei Stunden später erwachte, wirkte sie überraschend munter, weiterhin fest entschlossen, *vergnügt* zu sein, in einer leicht gedämpften Fassung.

Ich sah ihr zu, wie sie an ihrem wässrigen Kaffee nippte, später, wie sie las, wie sie sich zweimal durch die dicht besiedelten Gänge zu den Toiletten kämpfte und wenig später mit einem Stöhnen neben mir in den Sitz plumpste.

Wir schauten uns die Fotos auf ihrem Handy an, kurz darauf begann die Landung.

Die Landung war nun allerdings überhaupt das Schwierigste, wenn Sie verstehen.

Es ging mir kurz das Herz über in diesen letzten Momenten. Ich glaube, ich sagte tausend dumme Sachen zu ihr, etwas über ihre Füße, meine Einladung zum Essen, das Leben, wie *zickig* das Leben war, wie blöd.
Blöd ist überhaupt kein Ausdruck.
Eigentlich ist es ganz okay, sagte ich.
Sag mir einen Grund, warum es okay ist. Nein, drei.
Drei fand ich persönlich ja doch sehr viel, obwohl – wenn man darüber nachdachte, konnte einem schon das eine oder andere einfallen.

June On The West Coast

I spent a week drinking the sunlight of Winnetka, California
Where they understand the weight of human hearts
You see sorrow gets too heavy and joy it tends to hold you
With the fear that it eventually departs
And the truth is I've been dreaming of some tired,
    tranquil place
Where the weather won't get trapped inside my bones
And if all the years of searching find one sympathetic face
Then it's there I will plant these seeds and make my home

I spent a day dreaming of dying in Mesa, Arizona
Where all the green of life had turned to ash
And I felt I was on fire, with the things I could have
    told you
I just assumed that you eventually would ask
And I wouldn't have to bring up my so badly broken heart
And all those months I just wanted to sleep
And though spring, it did come slowly, I guess it did its
    part
My heart has thawed and continues to beat

I visited my brother on the outskirts of Olympia
Where the forest and the water become one
And we talked about our childhood, like a dream we were
    convinced of, that
Perfect peaceful street where we came from
And I know he heard me strumming all those sad and
    simple chords

As I sat inside my room so long ago
And it hurts that he's still shaking from those secrets that
   were told by a
Car closed up too tight and a heart turned cold

And I went to San Diego
The birthplace of the summer
And watched the ocean dance under the moon
And there was a girl I knew there, one more potential lover
I guess that something's got to happen soon
Because I know I can't keep living in this dead or
   dying dream
And as I walked along the beach and drank with her
I thought about my true love, the one I really need
With eyes that burn so bright, they make me pure

They make me pure
They make me pure
I long to be with you *[x2]*

(Bright Eyes, *Letting Off The Happiness,* Saddle Creek Records 1998)

Verlag Kiepenheuer & Witsch, FSC® N001512

1. Auflage 2018

© 2018, Verlag Kiepenheuer & Witsch GmbH & Co. KG, Köln
Alle Rechte vorbehalten. Kein Teil des Werkes darf in irgendeiner
Form (durch Fotografie, Mikrofilm oder ein anderes Verfahren)
ohne schriftliche Genehmigung des Verlages reproduziert
oder unter Verwendung elektronischer Systeme verarbeitet,
vervielfältigt oder verbreitet werden.
Umschlaggestaltung: Barbara Thoben, Köln
Umschlagmotiv: © Toby Neilan c/o 2agenten.com
Autorenfoto: © Joachim Gern
Gesetzt aus der Aldus
Satz: Buch-Werkstatt GmbH, Bad Aibling
Druck und Bindung: CPI books GmbH, Leck
ISBN 978-3-462-05104-9

Weitere Titel von Michael Kumpfmüller bei Kiepenheuer & Witsch

Leseproben und mehr unter www.kiwi-verlag.de

Kiepenheuer & Witsch